うしろ向きに

南條竹則
Nanjo Takenori

a pilot of wisdom

目次

第一章　何事も今より良くはならない

Nothing changes for the better.

わたしの古い友人に、Dさんという人がいる。

フランス人で、美術関係の仕事をしており、ある時、展覧会の仕事で、奥さんと一緒に日本へやって来た。久しぶりでわたしと昼御飯を食べることになり、食事のあと、お茶を飲みながら四方山《よもやま》話をしていた。

「タケノリ、最近、何をしているの?」

そう問いかける奥さんに、わたしは日本の大学の話をしていたのだと思う。

「大学も、以前にくらべてすっかり変わりました」

というと、奥さんは英語で、

「良い方に変わったの?」

とたずねた。

すると、わたしがこたえるよりも先に、夫のDさんが横合いから口をはさんでいうには、

「I think nothing changes for the better.(何事も良い方には変わらないと思うがね)」

うまいことをいうものだ、とわたしは思わず膝を打った。

このDさんはたいそう教養のある紳士だが、少しばかり風変わりな趣味を持っている。趣味は海洋考古学で、いつぞや、やはり東京で一緒にお昼を食べた時は、そのうちトルコ沖からトロイの遺跡を発掘するのだ、などといっていた。

よろずに古いものの好きな人で、フランスでは中世の天井画がある古い家に住んでいる。フランス革命は一大蛮行だと批判し、小説などは二十世紀以降に書かれたものはいっさい読まない。

要するに、現代的なものが嫌いなのである。

「なるほど、これがこの人の哲学なんだろうな」

わたしはそう納得し、以来、時々胸のうちでこの言葉をつぶやいてみた。

「Nothing changes for the better.（何事も良い方には変わらない）」

そのうちに、どうもこの言葉は、わたし自身の座右の銘にしても良さそうな気がしてきた。

だって、至言ではないか。

世の中、右を見ても左を見ても、悪い方へ、悪い方へ流されてゆくだけではないか。景気は悪い。給料は下がる（わたしの場合、原稿料と印税が下がる）。年金は破綻《はたん》しそうだし、いずれ国家の財政はパンクするし、教育は崩壊する（荒廃ならば、とっくにしている）。失業者は路頭に迷う。隣の国ではいつ戦争がはじまるかわからぬ。疫病《えきびょう》は流行《はや》り、地震洪水は起き、火山は噴火し、偏西風は蛇行し、世界は天変地異のオンパレードだ。

こんなことではいけない、と人々は嘆くが、いくら嘆いたところで、誰も助けてはくれない。自分では何もできないし、ただジタバタして切歯扼腕《せっしやくわん》し、もがいて、もがいて、ストレスだけが鬱積《うっせき》してゆく。

悲しいかな、これがわたしたちの精神状況である。

しかし――とわたしはふと思った。どうしてジタバタしなければならないのだろう。

「何事も良い方には変わらない」

そう悟ってあきらめてしまえば、少なくともストレスだけは低下するではないか。人間はどうして悟ろうとしないのだろう?

幸福と科学技術を一緒くたにしてはいけない

この悟りを妨げているのは、思うに、まちがった世界観である。

昨日より今日、今日より明日の方が世の中は良くなる、という思想だ。

この思想は暗黙のうちに、われわれの社会全体を締《し》めあげ、尻をたたき、前へ進め、前へ進め、とけしかける――まるで馬を鞭打《むちう》つように。

進め、進め、未来へ向かって進め。

未来には幸せがあるぞ。

うしろを向いちゃだめだぞ。

うしろを向いて過去をなつかしむのは負け犬だ。敗残者だ。頽廃《たいはい》した卑怯《ひきょう》者だ。

人間はいつも未来を向いて生きなければならんのだ。

要するに、これが現代の道徳であり、タテマエであって、世の中の人は誰一人疑わない。

いや、疑っている人もいるだろうが、そんなことは大きな声ではいえない。新聞でも何でも、見るがいい。社会の表向きの言説《げんせつ》は、未来志向一色に塗りつぶされているではないか。

このような根拠のない野蛮な思想に、人はいつから凝《こ》りかたまってしまったのであろう？　そんな考えがまちがっていることは、三歳の童児だってわかりそうなものだ。

この思想の誤りは、幸福と科学技術を一緒くたにすることからはじまる。

科学技術は進歩する。故に幸福もまた増進するという発想だ。

そんな馬鹿なことがあるものか。

たしかに、科学技術は――その一部分だけは――進歩するかもしれない。しかし、それと幸福の増進とは比例しない。

氷やアイスキャンデーを例にとって、考えてみるといい。

その昔、冷蔵庫などというものがまだない頃、夏になると冷たいものは大変な貴重品だった。新潟のような雪国では、冬の間に積もった雪を貯蔵して、夏に利用することができたけれども、暖かい地方では、そういうわけにはゆかない。江戸などでは井戸水を汲《く》み上げ、「冷やっこい、冷やっこい」といって売ったりするのがせいぜいだった。

この頃、夏に冷たいものを味わうことができたのは、時の権力者くらいのものである。時代劇のタネにもなっているが、江戸時代には、富士の氷が桐長持で大切に宿場から宿場へ運ばれ、道中だんだん溶けて、しまいには小さなかたまりになったものが、将軍様に献上されたのだ。

その氷は、もはや氷どころではない。「お氷様」だ。

仮にこれをどこかの長屋の洟垂《はなた》れ小僧に食べさせてみたら、どうだ？　その子は無上の幸福を味わうだろう。羽化登仙《うかとうせん》するような気持ちだろう。きっと一生の思い出にして、孫《まご》子代々《こだいだい》語り継《つ》ぐにちがいない。

しかし、今の子供たちだったら、どうか？

今ではコンビニへ行けば、氷でもアイスキャンデーでも、一年中食べられる。子供たちはそれを食べて、無上の幸福を感じるだろうか？

果物にしても、そうだ。

楊貴妃の茘枝《ライチー》という有名な例がある。

みなさんも御存知の、あのライチーという果物は、中国の福建・広東・四川といった南方にしか産しない。

楊貴妃は四川の出身で、この果物が大好きだったが、ライチーはことに広東のものがおいしいので、毎年季節になると、広東の産地から取り寄せた。彼女はライチーを見るとニッコリ微笑《ほほえ》んだというので、ライチーには「妃子笑《ひししよう》（楊貴妃の笑み）」などというあだ名がついている。

しかし、美人を微笑ませるには、大勢の人が苦労しなければならなかった。というのも、この果物は腐りやすいからだ。広東から長安の都まで、新鮮なうちに運ぶためには、七日七夜早馬を飛ばさねばならなかったという。どれほどの馬の費《つい》え、人の労力がかかったろう。

楊貴妃は唐代の人だが、歴史書によると、それよりももっと昔、漢の永元年間にも似たようなことがあった。

南方の交州というところから、ライチーと龍眼《りゆうがん》を宮中に献じたのだが、運ぶ途中、炎熱や猛獣や毒虫の害にあって、人がバタバタ死んでいった。そこで、唐羌《とうきよう》という人が帝に上奏し、献上をやめさせたという記録が残っているのだ。

考えてみれば、この文章を書いている筆者の子供の頃ですら、生《なま》のライチーは、日本ではまず見られなかった。「千疋屋《せんびきや》」などにはもしかすると置いてあったのかもしれないが、わたしの記憶にはない。おぼえているのは、町の果物屋さんへ行くと、店先に真っ黒な乾燥バナナと並べて、龍眼の干したものをよく売っていたことである。

龍眼もライチーのように、生のは白くみずみずしい果肉だが、乾燥したものの果肉は真っ黒でジャムのようになっていた。わたしはそれが結構好きだった。初め焦げくさいような匂いがするが、しゃぶっていると、甘さがにじみ出てくる。これはこういうものなのだと思い、生の状態がどんなであるかは、想像もつかなかった。

こういう果物を唐だ、漢だという大昔に人馬を酷使して運ばせたのだから、いやいや、大変なことだ。

ともかく、このように人間は喜びでも快楽でも、それが常態となってしまうと、もう喜びとも快楽とも感じない。欲望はべつの方面へ向かって、物欲しげにさまよい歩く。

いってみれば人間の心は穴の開《あ》いたバケツである。上からいくら水を注いでも、欲望という穴が底にドンドン広がってゆくから、バケツはけっして満ちることはない。

科学技術がいかに進歩しようと、この欲望の増幅には追いつけない。したがって、人間はけっして満足しない。満足するのが幸福であるから、明日は今日よりもけっして幸福にはならない。

以上、証明終わり。

ヘシオドスが語る「世界の歴史」

このように簡単な理屈もわからない現代人とちがって、いにしえの人々は、人間の欲望の際限《かぎり》のなさと、それが世界をますます殺伐《さつばつ》としたものにしてゆくことを直感していたように思われる。

ギリシア神話は、そのことを示す恰好《かっこう》の例だ。

古代ギリシアの詩人ヘシオドスが語る世界の歴史は、五つの時代に区分されている。

その第一が、いわゆる「黄金時代」だ。

ヘシオドスによると、この時代の人々は心に悩みもなく、幸福に暮らしていた。働かなくとも、大地はひとりでに豊かな実りをもたらし、人は労苦に追われることはなかった。年をとっても、手足はいつまでも衰えず、死ぬ時はあらゆる良いものに囲まれて、眠るように息を引き取った。

ところが、次に「銀の時代」がやって来る。

この時代の人々は「黄金時代」とはうってかわって、己《おのれ》の無分別のゆえに禍《わざわ》いを招き、争って、短い生涯を終える。

その次は「青銅の時代」で、人々は戦《いくさ》と暴力に明け暮れる。青銅の武器をつくり、青銅の家に住み、青銅の農具を使い、お互いに殺し合って、倒れてゆく。

第四は「半神の時代」で、この時代の人々は「半神」と呼ばれる英雄たち、高貴な種族だった。かれらの多くは戦によって滅び去ったが、一部の者は人の世を遠く離れた「至福者の島」へ行って、豊かな暮らしを送る。「黄金時代」に較べるとだいぶすさんできたが、それでも、まだこの時代までは少しの幸福がこの世に残されていたわけである。

ところが、最後の「鉄の時代」――すなわちこれからの時代となると、もういけない。

人間は昼も夜も労役と苦悩にさいなまれ、親子も、友達も、兄弟同士も心がかよわず、ただ「力」だけを尊んで正義を忘れ、悪人は善人を虐《しいた》げ、誰もかれも他人に妬《ねた》み心を抱く。

人間には悲惨と苦悩だけが残っている。

そういうわけで、ヘシオドスはこういっているのだ。

「わしはもう、第五の種族とともに生きたくはない、むしろその前に死ぬか、その後に生れたい（『仕事と日』松平千秋訳）」

『礼記《らいき》』に見る世界の歴史

一方、古代の中国に目を向けると、いにしえの聖人が治めていた社会を理想とする儒教も、「大同」「小康」という神話的な時代区分を立てていた。

儒教の重要な経典の一つに『礼記』がある。その「礼運《らいうん》第九」という章に、こんな話が載っている。

ある時、孔子が年末の祭に招かれた。

祭が終わってから外に出て、城門の上の物見台からあたりを見まわすと、孔子は「ああ」とため息をついた。

かたわらにいた弟子が、

「先生、何を嘆かれるのです」

とたずねると、孔子は次のようにこたえた。

「その昔、大道《たいどう》の行われていた時代や、夏《か》・殷《いん》・周三代の英明な天子がいた時代のことを、わたしは直接に見ることはできないけれども、記録が残っている。

そうした記録を見ると、昔の世の中はじつに素晴らしかったのだ。

大道の行われていた時代、天下は万人のものであった。

人々は賢者や有能な人を官職にあたらせ、互いに信義を結び、和睦《わぼく》をはかった。だから、人々は自分の父母だけを父母と思わず、自分の子だけを子と思わず、老人はやすらかに終わりを迎えることができたし、壮年の者は活躍の場を得た。幼い者はすくすくと育った。

親やつれあいをなくしたり、身体に不自由のある者も苦労なく生活ができた。男には職分があり、女にはふさわしい夫があった。

人々は財貨が無駄に打ち捨てられることを憎んだけれども、必ずしも自分のものにしようとはしなかった。能力のある者は、その能力を持ち腐《ぐさ》れにすることを憎んだけれども、必ずしも自分のために使おうとはしなかった。

そのような世の中だったから、人は悪い計略を立てたりすることもないし、泥棒や刃傷沙汰《にんじょうざた》も起こらない。誰も家の戸を閉める必要がない。この時代を『大同』の世というのだ」

孔子はさらに語り継いで、弟子にいった。

「しかし、時代が下ると、もう大道は行われなくなる。

人々は天下を己の一家のものとみなし、それぞれ自分の父母だけを父母と考え、自分の子供だけを子供と考える。財貨や能力は自分のためだけに使う。

町に城郭《じょうかく》や堀をめぐらして守りとし、礼儀というものをさだめて、人の心を規制し、それにもとづいて社会を動かす。

みんな自分の利益しか考えないから、私利私欲にもとづく計略や戦などが起こる。それでも、昔の優れた王たちはその計略や戦を用いて、優れた功業をなし、礼儀にしたがって国を治めた。この時代を『小康』の世というのだ」

そう——われわれが「小康を得た」とか、「小康状態」などといって使うあの言葉は、ここに由来するのである。

「小康」は「大同」には劣るけれども、それでもまだ良い時代だった。利己主義という毒は世を覆《おお》ったけれども、「礼儀」がその毒を抑える役割を果たした。しかし、孔子が生きている時代は、その礼儀すら行われなくなった、乱れた世の中なのである。

「なるほど、それほど優れた礼儀とは、一体どんなものなのですか？」

弟子がこのようにたずねるので、孔子は「礼儀」の内容を語り聞かせる。それが、この「礼運」篇《へん》の枠組みである。

人類の悲惨な未来は宿命だ

ギリシア、中国と東西の古人が、いずれもこうした「堕落」の神話を語ったことは、興味深い。多少色合いは異なるけれども、これにユダヤ教の楽園追放の神話や、仏教の末法思想を加えても良いだろう。

「そんなものは、現在に不満を持つ負け犬どもが、遠い過去を美化した空想にすぎない」とあなたはお考えになるかもしれない。

わたしもそうだと思う。

美化であり、空想だと思う。

しかし、昔の人は負け犬の空想を、意味もなく、ただありがたがって語り伝えるほど愚かではなかったとも思うのだ。人がこうした空想にふけり、それを後世に伝えたのは、人類という種の背負った滅亡の宿命を早くから直感していたからにちがいない。

ところが、現代人はそうした直感力を失い、これとは正反対の神話を生み出した。

その神話とは、無限の進歩と発展という観念であり、そのよりどころは科学技術の進歩だ。しかし、科学技術がいかに進歩しても、人間は技術だけでは暮らせない。御飯を炊《た》くのがいかに巧くなっても、米や水や燃料がなければ御飯は食べられない。「炊き方」が科学技術だとすれば、「米、水、燃料」は自然環境にあたる。

これまで、人類は環境が無限でタダだという前提のもとに、無価値な自然環境に人間が加工をして、価値を創出するなどと思っていた。当節、そのまちがいにやっと気づきはじめたが、だからといって、石器時代からつづいた習慣は、一朝一夕には改まらない。

環境を守ろうなどと口先では言うけれど、やっていることは昔とあまり変わらない。本気で環境を守るというなら、まず地球政府ぐらい打ち立てて、先進国も途上国も持てる富をいったん「世界金庫」に拠出《きょしゅつ》し、みんな仲良く節約しながらチマチマ使ってゆくらいのことをしなければ、とうていラチはあくものでない。

「大同」の世ならいざ知らず、強欲な我利我利《がりがり》亡者の現代人がそんなことをするはずはないから、この問題に希望はない。自然環境が年々歳々悪化の一途をたどっていることは、みなさんも御承知のとおり。きっと我々は滅亡寸前になるまで、現在の生き方を転換することなどないだろう。

まことに、我々が地球の自然をしゃぶり尽くしてしまったことは、砂漠化や気候変動もさることながら、食べ物のことを考えてみても、すぐにわかる。

クロマグロ保護の問題で日本中が大騒ぎしたのは、ついこのあいだのことだが、鯨やイルカやクロマグロだけではない。食べられるものの種類が年々猛スピードで減ってゆく。アサリやシジミのように、われわれにとってなじみ深い味噌汁《みそしる》の種ですらも、国産のものは激減した。今時、潮干狩りでとるアサリは、外国産を砂浜に撒《ま》いたものが多い。

イワシというのは、昔はもっとも安い大衆魚で、安いけれども美味《うま》い。

「この美味い魚の値段がもし高かったなら、人は争って求めるだろう」

と言った人がいるが、今やほとんど幻の魚と言われるほどになってしまった。メダカも雀もあまり見かけなくなった今日の日本だ。野鳥などは、そういうものがかつて食べられていたことすら、若い人々は知らないだろうが、昔は豊かな山の珍味だった。

島崎藤村に『夜明け前』という小説がある。

夜明け前、すなわち明治維新前の信州を舞台とした小説で、その初めの方（第一部〈上〉第一章）に、こんな話が載っている。

それは嘉永《かえい》二（一八四九）年のことだ。

山里で小鳥がおびただしくとれ、大平村《おおだいらむら》というところでは、アトリという野鳥が毎日三千羽も網にかかった。それを馬籠《まごめ》の宿まで売りに来た。

そこで好事家たちがあつまり、ひとつ大食い勝負をしようという話になった。

一人でアトリ三十羽に茶漬三杯を食えば、褒美としてべつに三十羽もらえる。もし食いきれなかったら、あべこべに六十羽差し出さなければならない、というルールを決めて、この小説の主人公・吉左衛門と金兵衛の二人が勝負を行い、二人とも食いきって、アトリ三十羽をもらう。

このエピソードはあたかも維新前の旧社会の象徴のように、作品の中で繰り返し回想される。

わたしが『夜明け前』を読んだのは、たしか中学校に上がる頃だった。長すぎて途中でやめてしまったが、このアトリのエピソードだけは鮮烈におぼえていて、昔は何とうらやましい時代だったのだろうとあこがれたものだ。

アトリなどは、本当に無数の実例のうちの一つにすぎない。かつて身近だった野生動物も、天然の魚介類も、今ではどんどん姿を消し、食卓に並ぶのは不味《まず》い養殖ものばかりになってしまった。いや、そんな養殖ものでも食べられるうちはまだいい。鯉のヘルペス、口蹄疫《こうていえき》、SARSに鳥インフルエンザのような疫病が蔓延《まんえん》すれば、これらもいつ食卓から消えてなくなるかわからない。

食べ物だけではない。一事が万事で、地球上の天然資源はすべて枯渇し、いずれ水などもあたりまえに飲めなくなるかもしれない。

未来には、「飢え」と「欠乏」と「欠乏」ゆえの「争い」が待っている。争いは悲惨な戦争の形をとるかもしれない。我々はそれを少しばかり遅らせることはできても、防ぐことなどできはしない。

第二章　イヤだ、イヤだ、未来はイヤだ

ハイテクノロジーが自由を奪う

弱い者や貧しい者は、飢えと戦争が襲いかかってきたら、ひとたまりもなく野に骨をさらすことだろうが、運の良い人、強い人、そして金のある人は、かろうじて危機をくぐり抜けられるかもしれない。

しかし、たとえ飢えと戦争を乗りきったとしても、我々人間を確実に待っているのは、一種の奴隷社会だ。

わたしぐらいの年配の人は、「ソイレント・グリーン」とか「華氏451」とかいう映画を御記憶かもしれない。いずれも未来社会を描いたSF映画で、昭和四十年代の作品だ。

あの頃、SFの世界で流行《はや》った未来像は、環境が悪化し、人口は増え、人間はマザー・コンピューターなどの管理のもとに自由を失って、機械か奴隷のようにうつろな人生を生きるというものだった。これはH・G・ウエルズ以来、SFの十八番《おはこ》のテーマで、冷戦時代まではかなり現実感があった。ひとつには、それが西側社会から見た社会主義国家のイメージだったからだろう。

しかし、冷戦は終わり、社会主義は敗れ去った。
人類は資本主義原理のもとに、全員参加の富の追求ゲームをはじめた。

そうすると、かつての悲観的な未来像は流行らなくなってきた。そういう暗さは全体主義国家のもので、民主主義国家に於《お》いては、自由競争と技術の進歩がただただ繁栄と幸福をもたらすのだという幻想が世界を覆《おお》った。

ところが、ここへきて、暗い古臭いＳＦの未来像は、ふたたび現実味をおびてきたように思われる。

なぜといって、携帯電話のなかったのどかな時代は、もはや夢物語となった。我々にはもう、かつてのように自由な時間はない。日本中どこにいようと、電波のとどくかぎり、会社の上司や、家族や、ヒマな友人に呼び出される。

それくらいで済めば良いが、今にもっと恐ろしいことがはじまる。最新のＩＴ技術を使えば、人間の行動を二十四時間見張って、管理することができるからだ。

げんにアメリカのどこかの州では、勤務中の警察官に特殊な機器を装着させ、彼が見たり聞いたりしたことをことごとく記録するシステムを採用する、といった話をテレビで報道していた。

捜査に役立てるためというのがタテマエだが、本音は警察官の不正を防ぐのが目的だろう。しかし、こんなことをされた日には、マフィアとの裏取引はおろか、オチオチ立ち小便もできやしない。上役の悪口だってうっかり言えない。わたしはアメリカの警察官に同情する。

しかし、これは警察官だけにかぎった話ではない。

アメリカ式のやり方は、いずれ地球の隅々まで行き渡る。多少程度の差はあっても、これからの労働者はすべて似たような監視下におかれるだろう。

労働というのは「アダムの呪《のろ》い」で、人間は誰もまじめに働きたくない。労働者は放っておけば必ず怠け、不正をする。それを防ぐためにはとことん監視して、寸刻も怠けさせず、一銭でも多く利益を上げる――これが産業革命以来の資本主義の原則だ。

いや、こうした発想自体は産業革命にはじまったものではない。たぶん古代の奴隷制時代からあったにちがいない。

しかし、昔の奴隷制では、管理する側も人間だから、便所にも行く。居眠りもする。心ここにあらずの時だってある。奴隷たちを完全に縛りつけることは不可能だった。コンピューターとハイテクノロジーが不可能を可能にした。

この究極の管理社会にあっては、自分の肉体すら自分のものではない。

一昔前、煙草の害が急に声高《こわだか》に説かれはじめた時のことを思い出していただきたい。アメリカの禁煙論者が言いだした理屈の中で、ことに強い説得力を持った議論はこうだった——全米で喫煙による健康被害は、年間これこれの経済的損失を国庫と企業に与えている、だから、けしからんというのである。

煙草は身体に悪いからやめろ、というのはわかる。だが、それを「金銭」に換算しなければ気がすまない拝金主義を、わたしはじつに卑しいと感じたが、当今「メタボリック症候群」について言われていることも、これと大差はない。

メタボリックを予防しようと言っている人々のたてまえは、健康を守るということだが、おためごかしのたてまえの裏には脅迫がある。

メタボリックな人はなぜ他人から白い目で見られ、「運動をしろ、美味《うま》いものを食うな」とあたかも思想改造をほどこすかのように、教育・指導されなければいけないのか？

その理由は、資本主義社会に於いて、メタボリックは「病」である前に「罪悪」だからだ。すなわち、煙草と同じ理屈で、国庫や企業に経済的損失をもたらすからだ。雇い主や株主に最大限の利潤をもたらすこと——これが、資本主義下の被雇用者に課せられた義務であり、道徳である。会社と契約し、給料をもらっている人間は、万事この道徳律にもとづいて行動しなければならない。

彼には、不健康である権利はない。

不健康という贅沢《ぜいたく》が許されるのは自由人——他人に雇われず、健康保険に頼らなくても良い、経済的に完全に自由な、一握りの人間だけなのである。

ああ、この窮屈さ。

これが進歩した現代社会のありようだが、さらにこの先、脳科学が発達すれば、不健康な肉体だけでなく、不健康な思想や想像も罪に問われるだろう。

この分野は今急速に開発が進んでいて、御承知の通り、脳波によるコンピューターの操作が実用化されつつある。やがて、人が何を考えているかもわかるようになる。いや、といっても、わたしが今夜焼鳥を食おうと思っているか、それともお刺身を食うつもりかはわからないかもしれないが、少なくとも、あなたが上役を好きか嫌いかくらいは、機械にお見通しになる。

そうなると、サラリーマンは面従腹背《めんじゅうふくはい》というお家芸もできず、心から会社や上司を愛し、尊敬するように修養を積まなければならない。予言しておく——将来はきっと、そういう心の管理を教える「心術教室」が大流行するにちがいない。

このような完全な奴隷制社会の到来が、もうそこまで迫っている。資本主義の原理を貫徹すれば、そうなるのだ。

かといって、わたしはべつに社会主義が良いというつもりはない。

社会主義というものがもし存続したなら、最後には似たような社会となるにきまっている。

なぜなら、同じ人間のやることだからだ。

人類のここ数千年の歴史を通じて守られてきたのは、「神の意志」とか、「高貴の血筋」とか、「関ヶ原の合戦で手柄を立てた」とか、「株式をいくら持っている」とか、「革命に貢献した」とか——何でも良いから、ある口実によって特権を得た少数者が、大多数の同胞を搾取《さくしゅ》するという不滅の原理である。歴史は、その口実が何から何に変わるかという物語にすぎなかった。

それでも、いくら特権があっても、これまでの支配者には高度な科学技術がなかったから、奴隷をこき使うといっても、眠らずに二十四時間監視することはできず、千里眼でも持たないかぎり人の心は見透かせなかった。被支配者もそれなりにのんびり生きて、あくびくらいはする余裕があった。

これからは、そうでなくなるのだ。

「過去の記憶」なき東京の町

人類の未来について陰気な予測を立てるのはこれくらいにして、今度はいささか個人的鬱憤《うっぷん》を晴らそう。

今この本を書いているわたしは、五十をいくつか過ぎた。

日本男子の平均寿命は、今でこそ八十に近いとかいっているけれども、昔は人生五十年といったものだ。すなわち、わたしは世が世なら、とうに墓場の土となっているはずの人間である。

それがいまだにだらしなく娑婆《しゃば》をさまよっているのは、それこそ科学技術の進歩のおかげで安楽な生活を送っているからかもしれないが、しかし、わたしの心は最近めっきり老《ふ》け込み、老人の世界に入ってしまった。

なぜといって、わたしにはもう新しいものが、何をとっても気に入らないのだ。

まったく、近頃の世の中はいやになる。

長くつづく不景気もいやだが、わたしにとってそれよりもいやなのは、生まれ育った東京の町がますます味も素っ気もないものに変わってゆくことだ。

この国にまともな都市計画がないのは、日本がいまだ成熟した文化国家になれず、森鷗外のいう「普請中」がつづいているからだろうか?

人間の顔に年輪が刻まれるごとく、都市にも、過去の記憶というものが、ある程度刻まれてしかるべきだとわたしは思っている。

機能的な新興地区はどしどし郊外につくったらいい。しかし、昔を知っている者が、「ああ、ここは変わらないな」とホッとして息をつける空間が、町のどこかになければいいけない。

その点、東京の町は絶望的だ。バブルもとうにはじけたというのに、性懲《しようこ》りもなくつづく再開発は、あれは何だ。

小さい店屋や食べ物屋がゴチャゴチャ寄りかたまっている横町、迷路のような裏路地や、こんもりと木の茂る古めかしいお屋敷町——東京はオリンピック以来の再開発を受け、バブル時代の地上げの波にさらわれても、それでもなお、ところどころにそんな場所を細々と残してきた。

GDPが世界第何位とかいう大国ならば、そういう場所は観光資源としても文化遺産としても丁重に保護し、町の風情というものを尊ぶのが本当である。

ところが、日本の為政者にはそんな考えが露ほどもないものだから、苔《こけ》が瓦《かわら》にこびりつくように細々と生き残った古い世界をシラミつぶしにぶち壊し、ショッピング・モールやマンションに建てかえる。おまけに開発計画が杜撰《ずさん》で、せっかくつくったビルもしばしば閑古鳥《かんこどり》が鳴いたりするのだから、何をか言わんやだ。

これは東京だけではない。大阪でも仙台でも、全国各地で起きている現象である。そんな調子だから、外国人が——ことに教養のある外国人が——日本に魅力を感じなくなるのだ。

日本語が「破壊」されていく

わたしがいやな第二のものは、今時《いまどき》の言葉である。

人間同士がふつうにしゃべっている言葉はまだいい。

もっとも、それはわたしがふだん年寄りとばかり接しているからそう思うので、若い世代の言葉を聞いたら、卒倒してしまうかもしれないが、こちらがそういう世界を避けて生きている分には実害はない。

堪《た》えがたいのは、わたしなどの耳にも入ってくるマスコミの言葉——正確にいえば、マスコミを通じて聞こえてくる言葉である。

たとえば、マイクを向けられた市民の話す言葉を聞いていると、時々身震いがする。

第一に、わけのわからぬ馬鹿丁寧な言葉遣いだ。

たとえば、通り魔や強盗殺人の目撃者にマイクを向けると、「はい、その方はあの道を通っていらっしゃいました」と、こんな調子だ。一体、どうして通り魔に敬語を使うのだ。へたをすると、この頃の人間は犬にも敬語を使う。国語教育はどうなっているのだ！

それから、はっきりしない言い方の多いこと。「××と思います」といえば済むところを、「××じゃないかな、と思います」はまだいい方で、「××じゃないかな、というふうに思います」と、こうだ。自分の言葉に責任を持ちたくないから、あんな持ってまわった言い方をするのだろうが、あしびきの山鳥の尾のしだり尾の、じゃあるまいし、無意味な部分をそんなに長々しく引き伸ばして、どうするのだ。

それから、これはもうあまりにあたりまえになって、気にする人もいないのかもしれないが、「××でございます」というべきところを「××になります」といったり、「××です」というべきところを「××でした」といったりする飲食店用語（？）も、不愉快でたまらない。

町の食堂やチェーン店なら、まあしかたない。内装に金をかけ、小洒落《こじゃれ》た料理にワインなど取りそろえ、うちは高級店でございますという顔をするなら、言葉遣いくらい高級にしたらどうだ。

一般市民の言葉遣いにもうんざりするが、アナウンサーの言葉は、時としてもっとタチが悪い。最近では少しなおったような気もするが、ひと頃、かれらが日本語の音韻を勝手に変えようとしていた時期があった。

お気づきだろうか？　それは、主としてサシスセソの発音に関してである。

S音が母音にはさまれたり、MだのNだののあとにつづくと、そのS音は濁ったり、tsに近い音になったりという現象が、言語の世界には存在する。

例を挙げれば、英語の「once」の発音は「ワンス」よりも「ワンツ」に近い。フランス語では、母音と母音の間のSは原則として濁る。だから「パリジャン」は「パリシャン」ではないのだし、「オワゾー（鳥）」は「オワソー」ではない。

日本語でもこういった現象が起きる。たとえば、「河川敷」「依存」は、辞書には「カセンシキ」「イソン」という読みも載っているが、多くの人は「カセンジキ」「イゾン」と発音する。わたしなどもそのように教わった。

ところが、最近のアナウンサーは、この音韻変化の法則を野蛮とでも思っているのか、

「カセンシキ」「イソン」と必ずS音で発音する。しかも、それが自然でないから、まことに聞き苦しい。

そんなのはまだ良い方で、一度などは、テレビかラジオの放送だったが、大相撲の解説者が「一敗」を「イッパイ」と発音するのは品がないとでも思ったのだろう。「イッハイ」といおうとして、「イハイ」になってしまった。聞いていたわたしは突然目の前に仏壇のお位牌《いはい》が出てきたようで、面食らった。

音韻というのは、たしかに地方差や個人差があるから、「河川敷」を「カセンシキ」と発音する人だって、中にはいるだろう。だが、どうしてそれ一辺倒にしなければいけないのだ。わたしは「カセンジキ」で五十年以上暮らしてきた人間だ。それを突然、こちらに一言のことわりもなく、どこかの誰かの号令一下に、電波という権力を使って無理押しに変えられたのでは、不愉快きわまりない。

それ以上に嘆かわしいのは、こういうことを誰も気にしない現状である。昔ならば、このサシスセソの問題などは、作家と国語学者の論争くらいに発展しただろう。

ああ、なさけない。

わたしは日本人だ。

わたしの精神は日本語でできている。

自我の内奥《ないおう》はどうか知らぬが、コンピューターのアプリケーションみたいな部分は日本語だ。その日本語が、日本人の無関心によって滅びようとしている。いや、正確にいえば、わたしの世代が日本語だと思っていた言語とは、まるきりちがったものに変わろうとしている。

言葉に変化はつきものだ、などといってノホホンとしている連中の、何という愚かさ！

もちろん、言葉は不変のものではない。時とともに単語も変われば、文法すらも変わってしまう。そういうはかないものだからこそ、大事にしなければならぬのだ。

あまりに大きく急な変化は、もう変化の域を脱して「乱脈」であり、「破壊」にほかならない。言葉は、人々が自分の正しいと思う言葉を守ろうと努力して、その結果、やっとほどほどの穏便な変化にとどまる。それを今のように日本人が日本語を見下し、ぞんざいな扱いをすれば、水をやらない草木のごとく、日本語はあっというまにヒネコビてしまうだろう。

しかるに、親も学校も、英会話に血道をあげるばかり。

幼児教育がこれから英語中心に変わってゆけば、どうなるか？

まず近い将来、日本の家庭では「おばあちゃん」とか「おじいちゃん」は死語になり、「グラン・マ」「グラン・パ」がとってかわる。子供たちは「夕焼け小焼け」や「鯉のぼり」のかわりに、「トウィンクル・トウィンクル・リトル・スター」を口ずさんで育つのだ。その子供たちが成長した時、日本語はもはやかれらにとって「国語」ではなく、「現地語」にすぎないだろう。わが国民は英語を日常に使う上層階級と、ふだんは日本語で生活し、職場やあらたまった席では英語を使わされる下層階級とにわかれよう。

専門技術や文化・学芸といった高度な内容はすべて英語で伝達されるため、日本語は急速に衰えてゆく。語彙《ごい》が減って文章が書けなくなり、卑近な用途に用いるだけのものと化してゆくだろう。

言葉だけではない、いっさいがこの調子だ。我々の文化は急速に「グローバル」なものに変容している。わたしは、その文化についてゆけない。

若い人が好む食べ物も、住居も、生活様式も、何もかもわたしの趣味には合わない。

ハイブリッドな新文化など、真っ平だ。

刺身にマヨネーズをかけるような人生は、御免だ。

こんな世界に順応しろといわれたら、狂ってしまう。

ああ、イヤだ、イヤだ。

未来はイヤだ。明日はイヤだ。

どうして「明日」なんかを待ち望んで暮らせるのだ。

生きてさえいれば、それでいい

かくして、わたしはスッパリと順応をあきらめ、「昨日」を向いて暮らすことにした。

「明日は今日よりも幸福になろう。今より充実した日々を送ろう」

そんなことばかり考えているから、人間はダメになる。望みがかないそうもないとわかると、とたんにショゲかえって、病気になったり自殺したりする。

まったく馬鹿な話だ。

「過去」を持っている人間は、未来なぞ気にすることはない。

未来なんか、死なない程度に生きていれば、十分なのだ。

それではプライドが満たされない、という人がいるかもしれない。ただ生きているだけじゃ蛆虫《うじむし》とおなじだ。人間様の名に値しない、と。

とんでもない。

蛆虫は立派な生産者だ。

蠅《はえ》を生産して、生物界の食物連鎖を成り立たせている。人間だって生きてさえいれば、役立たずだとか、能無しだとか、敗残者だなんていうことはない。

なぜなら、たとえほかのことはできなくとも、生きていれば人糞《じんぷん》を製造することくらいはできる。

無能な人の悪口を、昔は「人糞製造機」などといったが、人糞といえば貴重な肥料で、江戸時代にはお金を払ってわざわざ買いに来たものだ。これを無用な汚いものにしてしまったのは、現代の農業政策がまちがっている。

彼《か》のミミズ先生が地球に「土」をつくるという偉業を成しとげたごとく、わたしたちはこの黄金を日々生産するだけでも、立派な仕事を成しとげているのだ。誰が見ていなくても、お天道《てんとう》様は知っている。
だから、みんな胸を張って生きたらいい――うしろ向きに。

第三章　人間には「昨日」しかない

人間には「過去」しかない

前向きに生きてもつまらぬ、うしろ向きに生きる方が幸せだという考えを前章で簡単に述べたけれども、あれだけでは納得のゆかない人がいらっしゃるかもしれない。

そこで、本章ではべつの観点から、人間に「明日」などはないということを論じてみたい。

みなさんは、「老人には過去しかない」というセリフをどこかでお聞きになったことがおありだろう。昔の栄光にすがり、思い出話ばかりしている年寄りを、若い者が軽蔑《けいべつ》をもって批評するセリフである。

しかし、少々頭を使って考えてみればわかるが、「過去」しかないのは、老人だけではない。二十歳《はたち》の青年にも、七歳の子供にも、わたしたちすべての人間に「過去」しか存在しないのである。

いや、正確には、こういうべきだろう。

「過去」はすでになく、「未来」はいまだやって来ない。わたしたちはつねに「現在」に生きているのであって、「過去」も存在しないし、「未来」も存在しない。

ただし、「過去」は記憶という形で「現在」の一部分と化している。というより、「現在」の大部分が「過去」の化したものであるといってよい。

その「大部分」を尊重せずして、我々はどうして生きてゆかれるだろうか？

未来に幸福の幻を描き、それを追って生きるのは愚かである。

なぜなら、未来は一体どうなるかわからない。一寸先は闇《やみ》だ。これに対し、過去は確定している。確定した確かなものをおろそかにして、どうなるかわからないものに血道を上げる——それが賢い人間のすることだろうか？

ヨブの教訓

旧約聖書の中には、「創世記」から「詩篇《しへん》」に至るまで、たくさんの書物が含まれている。

そのうちの一つ「ヨブ記」は文学的に優れ、古来ユダヤ・キリスト教圏の人々が、苦難の時にひもといた書物として有名だ。

「ヨブ記」は、人が苦しい目に遭っても、いかに神への信仰を持ちつづけることができるかという、信仰者のあり方を教える書物である。またべつの面から見ると、人間の地上の幸福がいかに頼りないものであるかを語っている。

財産があって、健康で、愛する家族が大勢いようと、「運命」がひとたび手を下せば、いっさいは水泡《うたかた》のごとく消えうせるのだ。

この本は全体が枠物語の構成になっており、寓話《ぐうわ》的な色彩が強い。そのあらすじをお話しすると、こんな具合だ。

ウヅの地に、ヨブという人がいた。

ヨブには七人の息子と三人の娘がいて、羊七千頭、駱駝《らくだ》三千頭、牛五百耦《くびき》、牝驢馬《めすろば》五百頭を持ち、大勢のしもべがいた。

彼は土地一番の富豪だったが、おごり高ぶることなく、どんな時も神を敬う信心深い人だったので、神もこの人のことを感心に思っていた。

ところが、災難というのはどこからやって来るかわからない。

ある日のことだ。

天使たちが神の御前にあつまった時、サタンも地上の見回りをすませて、やって来た。

というと何だか変なようだが、そうでない。

旧約聖書に於《お》けるサタンは、後世の人が考えるような悪魔大王ではなくて、人間を見張り、人間の嫌がることをする下級天使——いってみれば、意地悪な岡っ引きのような存在である。だから、ちゃんと神の前に伺候《しこう》するのだ。

さて、このサタンに向かって、神はヨブのことをほめた。すると、サタンはこんなふうに口ごたえした。

「神様、それは当然でございましょう。だって、あなたさまはあの男に財産を与え、豊かな暮らしをさせていらっしゃるじゃございませんか。だからこそ、あの男はあなたさまを敬うのです。ためしに、やつの財産を全部取り上げてごらんなさい。きっと、面と向かって、あなたさまを呪《のろ》うにちがいありませんぜ」

神はそこで、サタンにヨブの財産を奪うことを許した。

意地の悪いサタンはしめしめといって、さっそく下界へおりてゆくと、ヨブに不幸をもたらした。

ある日、ヨブのもとに使者がやって来て告げるには、

「たいへんでございます。シバ人《びと》がやって来て、あなたの牛と牝驢馬を奪い、しもべたちを殺してしまいました」

驚いていると、そのあと、べつの使者たちが続けざまにやって来て、口々《くちぐち》にこんなことを述べた。

「たいへんでございます。天から神の火がくだって、あなたの羊をみんな殺してしまいました」

「何ということでございましょう。カルデヤ人があなたの駱駝を奪い、しもべも大勢殺されてしまいました」

ヨブが呆然《ぼうぜん》として聞いていると、さらにもう一人、使者がやって来た。

今度の使者が告げたのは、今までのよりももっと悪い報《しら》せだった。

ヨブの子供たちは、うちが裕福なので働く必要もない。毎日順ぐりに誰かれの家で宴会をひらき、御馳走《ごちそう》を食べ、笑って楽しく暮らしていたのだったが、今日はその宴会の最中

に突如大風が吹き、家が倒れて、一人残らず死んでしまったというのである。

それを聞くと、ヨブは立ち上がり、衣を引き裂いて嘆き悲しんだが、それでも神を称えることはやめなかった。

神はその様子を見て、サタンにいった。

「あれを見たか。わたしはおまえに勧めて、ヨブに苦しみを与えたが、それでもあの者の心は揺るがないではないか」

サタンはこたえた。

「あなたさまはあの男から財産を奪っただけでございます。人間にとって、全財産にもかえがたいのは自分の命です。今度はひとつ、お手をのばして、あの者の骨と肉を撃《う》ってごらんなさいまし。さすれば必ずやあなたさまを呪うことでございましょう」

そこで神はサタンにいった。

「それならば、ヨブをおまえにまかせる。ただし、あの者の命だけは奪ってはならんぞ」

サタンは、今度はヨブをおそろしい病気にかからせた。ヨブは足の裏から頭のてっぺんまで、全身を悪い腫《は》れ物におおわれ、陶器《やきもの》のかけらで身体を掻《か》き、灰の中に坐《すわ》った。

ヨブの妻は夫のそんな様子を見て、取り乱した。

「あなたは日頃神様を深く敬っていらっしゃるのに、こんな目にお遭《あ》いになるなんて、何ということでしょう。もうこうなったら、神様を呪って死んだ方がましですわ」

妻はそんなことをいったが、ヨブは神を呪わなかった。

やがて、三人の友達がヨブを慰めにやって来た。

ヨブはかれらについつい愚痴《ぐち》をこぼした。こんな目に遭うくらいなら、生まれて来ない方がましだった、などとぼやくのだったが、友人たちの耳には、それが神への恨《うら》み言《ごと》のように聞こえた。友人たちは、慰めに来たのも忘れて、かえってヨブをなじるようなことをいいはじめた。

ヨブはそれに言い返しているうちに、だんだんイライラしてきた。しまいには日頃のつつしみを忘れて、こんな不遜《ふそん》なことを言いはじめた。

「一体、わたしに何の罪があるのか、神様に面と向かっておたずねしてみたいものだ」

友人たちはますますヨブをなじったけれども、ヨブの方がずっと賢いので、言い負かされてしまった。

やがて、このことはあたり一帯で評判になった。

エリフという若者がそれを聞いて、はるばる遠いところから、ヨブを諭《さと》すためにやって来た。彼も議論ではヨブに負けてしまいそうだったが、エリフが話しているうちに、エホバの神じきじきに大風の中からヨブに声をかけた。

「そなたは、創造者たるわたしとは較べものにならぬ無知な輩《やから》にすぎない。それなのに、なにを小賢しいことをいうのか」

ヨブがおそれいって神に詫《わ》びると、神はヨブを許した。それから、三人の友人がつまらぬことをいってヨブを悩ませたことを責め、「ヨブのところへ行って、燔祭《はんさい》をささげよ」と命じた。

友人たちがその通りにすると、ヨブはかれらのために祈ったので、神はそれを聞き入れたまい、ヨブの病を癒《いや》したうえ、財産を倍にして与えた。

ヨブは親類たちに大切にされて、ふたたび七人の息子と三人の娘を得、その後、百四十年も幸せに生きた。

人は死ぬまで幸福とはいえない

この物語では、最後に神がヨブを助けてくれた。めでたしめでたしで終わったわけだが、現実にはそうはゆかないのがふつうである。

人間、ひとたび大きな災厄に見舞われたら、はねかえすのは至難の業だ。我々の幸福はガラス細工のようなもので、打たれれば、たいてい粉々に砕けてしまう。ましてや二度も三度も禍いが襲ってきたら、とうてい持ちこたえられるものではない。

しかるに、弱り目に祟《たた》り目、泣きっ面に蜂《はち》、というのがこの世間の相場だ。まことに人の幸福などというものは、維持しがたいのである。

それについて、ヘロドトスの『歴史』に次のような物語が載っている。

その昔、ギリシアの東、現在はトルコ共和国があるあたりに、リュディアという国があった。

この国の王クロイソスは三十五歳で王位を継ぐと、ギリシア諸都市を征服し、また周辺の諸民族――プリュギア人だのミュシア人だの、マリアンデュノイ人だのを征服して、リュディアに併合した。リュディアの都サルディスは繁栄をきわめ、ここにはギリシアの賢人がかわるがわる訪れるようになった。

名高いアテナイの賢者ソロンもその一人だった。

これより先、ソロンはアテナイの市民たちに頼まれて、かれらのために法律を制定したところだった。

この法律は十年くらいしっかり施行しないと成果が上がらない。その間に市民たちが我慢できなくなって、「あの法律はやっぱり廃棄してくれませんか」なぞと言い出すと困る。

そう考えたソロンは、アテナイ市民に十年間法律を守ることを約束させ、自分はフラッと諸国漫遊の旅に出てしまった。十年間は帰って来ない。そのあいだ、しっかりやれ、というわけだ。

ソロンはこのように賢い人だったが、さて、この人がクロイソスのもとへ行くと、王宮で歓待を受けた。クロイソスの家来はソロンを案内して、宝物蔵にしまってある数々の財宝を見せた。

そのあとで、クロイソスはソロンにいった。

「アテナイの賢人よ。そなたは広く世界各地を見て来られたと聞いている。だから、おたずねしたいのだが、そなたはこの世界で一番幸福な人間に出会われたかな？」

もちろん、クロイソスはこんな答えを期待していたのだ。

「はい、会いました。と申しますのも、陛下、それはほかでもないあなたさまでございます」

しかし、ソロンは王にへつらわず、思う通りのことをいった。

「王様、世界で一番幸福な人間といえば、アテナイのテロスという人物がさだめしそうでございましょう」

なぜかと王が理由をきくと、ソロンは次のように説明した。

「テロスはまずだいいちに、繁栄した国に生まれ、優れた子供に恵まれましたし、その子供たちもまた子供を生み、一人も欠けることがありませんでした。暮らし向きも、わが国の人間としては裕福でございましたし、それに何より死に際《ぎわ》が見事なものでございました。

アテナイが隣国と戦争をした時、テロスは味方の救援に赴き、敵を敗走させ、立派な戦死を遂げたのでございます。アテナイの人々は国費をもって彼を戦歿の地に埋葬し、その名誉をたたえています」

クロイソスはこれを聞いて面白くなかったが、つづけてたずねた。

「よろしい。ならば、そのテロスとやらにつづいて、世界で二番目に幸福な人間は誰だとお思いになるか？」

今度こそは自分の名が出てくると思ったのだが、さにあらず。ソロンは、今度はクレオビスとビトンという兄弟の名を挙げた。

ソロンがいうには、この二人はアルゴスの生まれで、生活にも不自由せず、二人とも体力に恵まれていて、体育競技に優勝するほどだった。

ある時、ヘーラー女神の祭礼があり、兄弟は母親を牛車に乗せて、女神の社まで連れてゆかねばならなくなった。

ところが、牛は畑に出ていて、牛車《ぎっしゃ》を仕立てるのに間に合わない。そこで二人は牛のかわりに車を引き、母親を乗せて、立派に女神の社へ連れて行ったが、群衆が見ているさなかで、力尽きて死んでしまった。

人々は二人を称え、こんな立派な息子たちを持って、あなたは幸せだと母親を祝福した。そして、二人の立像をつくって、デルポイの神殿に奉納した……

クロイソスはこんな話を聞かされているうちに、だんだん焦《じ》れったくなってきて、いった。

「アテナイの客人よ。そなたはこのわたしよりも、さような庶民の方が幸福だといわれる。してみると、私のこの幸福は何の価値もないといわれるのか？」

ソロンはこたえた。

「クロイソス王よ、あなたが莫大な富を持ち、幾多の民を支配しておられることは、よく存じております。しかしながら、世界で一番幸福な人間であるかどうかという御質問に関しては、あなたが結構な生涯を終えられるまでは、何ともお答えすることができません。

なぜなら、神は嫉妬《しっと》深く、人間を困らすことがお好きです。人間の長い生涯のあいだには、いろいろと思いもかけぬ困ったことも起こります。いっときは幸福でも、たちまち奈落の底に突き落とされた人間はいくらでもいるのです。

ですから、生前さほど不自由もなく暮らすことができて、そのうえ結構な死に方をした人こそ、幸福と呼ばれてしかるべきだと思います。何事も結末を見とどけなくては、何ともいえません」

クロイソスはこれを聞いて、思った——わしのこの巨万の富と権力を目にしながら、それを何とも思わないとは、こやつは賢人どころか大馬鹿者にちがいない。

そこで、ソロンを匆々《そうそう》に追い払ってしまった。

ところが、その後、クロイソスに神罰が下ったのである。

いったいに、ギリシアの神々は人間の驕《おご》りや増上慢を何よりも憎む。ギリシア語でこの驕りのことを「ヒュブリス」というが、ギリシア悲劇の登場人物なども、しばしば己の「驕り」の報いとして、神罰を受ける。トロイア戦争から帰ってきて、得意のあまり神をおそれぬ振舞いをして、さっそく殺されてしまうアガメムノン王などはその良い例だ。

クロイソスの場合も同様で、彼はソロンが去って以来、頼みにしていた息子を失うなどの不幸に次々と見舞われ、やがて隣国ペルシアのキュロス王と戦争をして敗れた。栄華を誇った都サルディスは破壊され、クロイソスは捕虜となって、キュロスのもとへ連れて行かれた。

キュロスは彼を、リュディア人の子供たちとともに火刑にしようとした。

火刑台に立たされた時、クロイソスはふと、ソロンがかつて言った言葉を思い出した。

今にして思えば、あれは何と霊感に満ちた言葉であったろう！

そうつくづく感じて、

「ああ、ソロン、ソロン、ソロン！」

と思わず叫んだ。

キュロスはリュディア語がわからぬから、一体何を言っているのかと思い、通訳に命じて、問いたださせた。通訳が火刑台のそばへ行ってたずねると、クロイソスはわけを話した。

そのことを通訳から聞くと、キュロスも考えてしまった。

わたしは今、かつてわたしに劣らず栄華をきわめた男を焼き殺そうとしている。しかし、明日は自分がこうした目に遭わないと誰にいえよう。人の世はかくも定めないのだ――

キュロスは、そこでクロイソスを許し、しもべにしたのだった。

人の命ははかない

人の世はまさにかくのごとし。一寸先は闇。運命の輪はたえず回って、上に上がったものは、また下がる。

だから、くりかえしいうが、未来に希望をかけて生きるのは愚かである。

明日ありと思ふ心の仇桜《あだざくら》　夜半《よは》に嵐の吹かぬものかは

親鸞《しんらん》聖人が詠んだというこの歌は、諸行無常のことわりをじつにうまく表現しているが、昔の人はソロンにかぎらず、未来が当てにならないことを良く知っていた。

だから、古今東西の古典が、そのことを語っている。

はかないのは明日の幸福だけではない。そもそも命すらわからない。

「薤露行《かいろこう》」という挽歌《ばんか》がある。夏目漱石の小説の題名にもなっている。

挽歌とは、古代中国で霊柩車《れいきゅうしゃ》の綱を引く人たちがうたった歌だ。その言葉にいう――

薤上の露　何ぞ晞《かわ》きやすき
露は晞けども明朝更に復《ま》た落ちんも
人は死して一たび去らば何れの時にか帰らん
（大意――薤《おおにら》の葉に宿る露は、何とすぐに晞いてしまうのだろう。露は晞いても、また翌朝になれば下りるが、人間はいったん死んだら、いつの日に帰って来ることができようか）

古代ギリシアのピンダロスの詩には、こんな絶唱がある。

人の子はかげろうのはかなきものよ、人とは何か、また何でないか。人の子は夢の影よ。（「ピューティア捷利歌第八」・九五―一〇〇行　高津春繁訳）

「真の所有物」とは何か？

さてさて、未来がこんなにもアテにならぬものだとすると、われわれは一体何をよりどころとして生きてゆけば良いのだろう？

ギリシア・ローマの人々はそう考えた末、一つの結論に達した。

状況のいかんによって奪い去られるようなもの――そうしたものを頼りにしてはいけない。先のことはわからないから、とりあえず最悪の状況が自分を待ちかまえていると考えた方が良い。それでも、けっして自分から奪い去られることがないもの――それだけが、自分の真の所有物である。人間は、その真の所有物だけに心を配った方が良い――このように考えたのだ。

それでは、真の所有物とは一体何だろう？

財産か？

いやいや。財産などというものは、それこそクロイソスのように莫大な富を持っていても、一朝事あらば消え失せてしまう。

健康か？　美貌か？　才能か？

病にかかれば、健康も美貌も台なしになる。病気をせずとも、年をとれば同じことだ。

才能とて枯渇《こかつ》する。肉体や頭脳の状態に深く関わっているからだ。それに、もし才能が枯渇しなくとも、その才能を生かす場がいつまでもあるとはかぎらない。世の中の風向きなんて、すぐに変わってしまう。

年をとろうと、不運に見舞われようと、世の中の風向きが変わろうと、けっして自分から奪い去られることのないものは何だろう？

それは「善」であり、「徳」であると考えたのが、ストア派の哲学者たちだった。

エピクテトスという哲学者はいう――


われわれ次第であるのは、意見や選択や欲求や忌避など、一言でいえば、真にわれわれ自身の所業であるかぎりのものである。他方われわれ次第でないのは、肉体や財産や名声や要職など、一言でいえば、われわれ自身の所業でないすべてのものである。

（『摘要』Ⅰの1　水地宗明訳）


ここにいう「われわれ次第でない」もの――すなわち、肉体や財産や名声や要職などは、取るに足らないものだとストア派の哲学者たちは考える。

取るに足らない、どうでも良いものであるから、こういうものに対しては、我関せずの態度でいるのが良い。そんなものを追い求めてはいけないし、またそんなものを「善い」とか「悪い」とか考えてもいけない。

哲学者としても知られるローマ皇帝マルクス・アウレリウスの言葉を借りれば――

自分に選択の自由のないものについて、これは自分にとって善いとか悪いとか考えるとすれば、こんなに悪いことが身にふりかかったとか、こんなに善いことが失敗したとかいって、君はきっと神々にたいして呟かずにはいないだろう。また他人がこの失敗や災難の責任者であるといって、またはその嫌疑があるといって、人間を憎まずにはいないであろう。まったくこのようなことを重大視することによって我々は実に多くの不正を犯してしまうのである。しかるにもし我々が自分の自由になることのみを善いとか悪いとか判断するならば、神に罪を被せる理由もなく、人間にたいして敵の立場を取る理由ももはや残されていないのである。（『自省録』第六巻四一　神谷美恵子訳）

このように、われわれの思うままにならないものを、どうでも良いものだと見る修練を積めば、地位や名声の得られぬことはもちろん、病気や、死や、貧困や、奴隷状態といった苦しみからも解放される。「火もまた涼し」の心境になれるというわけである。

「昨日」という財産

しかしながら、言うは易《やす》く、行うは難《かた》し。

そういった修練は、じつはそんなにやさしいものではない。誰にでもできるものではない。少なくとも、わたしなどには無理だ。

もっと、わたしのような俗人向きの「所有物」はないものだろうか？

ある、ある。

「過去」というものがある。

「過去」は誰にでも持てる。それに、「過去」は未来とちがって、アテにならぬものではない。

この真理を、美しい言葉で誰よりも見事に表現したのは、古代ローマの詩人ホラティウスだ。

ホラティウスといっても、日本の読者にはなじみが薄いだろうが、この人はウェルギリウスとならんで、ローマ文学の黄金時代を体現する詩人である。まあ、漢詩でいえば、李白・杜甫《とほ》くらいの格だと思ってくだされば良い。

彼は皇帝アウグストゥスがうちつづく内乱を治め、帝政の基礎をかためた時期に、皇帝の腹心の政治家マエケナスの庇護《ひご》をうけて、傑作を次々と発表した。

ちなみに、このマエケナスの名前に由来する英語がある。

わが国もかつて景気が良かった頃、「企業メセナ」という言葉がよく使われたのを御存知だろう。

マエケナスは権力者であり、大教養人でもあって、ホラティウスをはじめとして、ウェルギリウス、ティブルス、プロペルティウスなど当時の錚々《そうそう》たる詩人のパトロンだった。それで、彼の名前を英語読みした「メセナ」が、文化の保護者という意味になったのだ。

さて、それは余談であるが、ウェルギリウスが「アエネイス」という長篇《ちょうへん》叙事詩を書いたのに対し、ホラティウスは抒情詩《じょじょうし》の大家だった。

ローマ人は学問芸術の分野でギリシア人をお手本にしたが、彼はそのギリシアの抒情詩のさまざまな韻律を、たくみにラテン語にうつしかえ、『歌章《カルミナ》』という詩集を残したのだ。この詩集は美しい言葉の響きを第一にしているけれども、ただそれだけではない。抒情詩特有の妙《たえ》なる韻律にのせて、青春のはかなさや栄華のむなしさ、恋やうまざけ、四季の移ろいなどを、抑制を持って、しかし豊かな情感をこめて歌った。

詩人は哲学者のように難しいことはいわないけれども、ホラティウスという人は多少哲学にも通じているし、人生の酸《す》いも甘いも嚙《か》み分けた苦労人として、人間の身の処し方を教えたりもしたのである。

そういう教訓的な詩の一つが、『歌章』第三巻第二十九番だ。そこに、こんな一節がある（ここには散文訳を引用する）。

おのれを制することを知り、悦ばしい心で生を送る人とは、日ごと日ごとにつぎのように言うことのできる人です。「わたしは（この日を）生きた。明日は父（なる神ユーピテル）が黒き雲もて天空《そら》を掩おうと、はた、明るき陽光をみなぎらしめようとかまわぬ。されど（神も）過ぎてしまったことを何によらず無にはできないし、逃げ去りゆく『時』がひとたび運んでいってしまったものを変えたり、元に戻したりもできないであろう」と。（藤井昇訳）

まことに至言ではないか！

「過去」は天帝といえども帳消しにはできない。まことに、これこそ人間の「真の所有物」にほかならぬ。この詩が語る幸福な人は、いわば毎日毎日「昨日」という財産を積み立てているのだ。

長生きして、たくさんの良い「昨日」を積み立てた人は、いわば金銀財宝が蔵《くら》にうなっている金持ちだ。

しかし、人生がまだこれからの若い人も、心配することはない。ありがたいことに、「若い」という欠点は日々に克服されてゆく。それに青年には「少年時代」という「昨日」がある。少年には「赤ん坊の時代」という「昨日」がある。だから、若い人々は、たとえ大金持ちではなくとも、けっして無産市民ではない。

そして、このホラティウスの詩が示すとおり、良い一日をすごせば、翌日《あくるひ》にはもう「昨日」という財産が一つ増えている。これはけっして減らないから、積み立てるだけで引き出さない預金をしているようなものだ。

いや、この預金は「思い出」というかたちで引き出すことができるが、それでもけっして減らないのだから、魔法の銀行口座とでもいうべきだろう。

第四章　「昨日」の見つけ方

「昨日なんて思い出すのもイヤだ」という人へ

ところで、わたしがこれまでいってきたことに対して、次のように反論する人がいるかもしれない。


〝ヘン、人間には「昨日」しかない、だと？

ふてえことをぬかす奴がいたもんだ。

大体、世の中が行きづまってくると、てめえみてえなウロンな畜生が出てきて、世迷《よま》い言をいって他人《ひと》を騒がせるもんだが、どっこい、その手には乗るものか。

おれは今まで、おまえさんの言うことをここで立ち聞きさしてもらったが、おまえさんの論法には決定的なアナがあいている。

つまり、こういうことだ。

なるほど、おまえさんのいうとおり、人間に「明日」がないというのは正論かもしれない。人類なんて、遅かれ早かれ絶滅するんだ。今がそろそろ潮時かもしれねえ。

けれども、「明日」がないからといって、「昨日」があるとは限らんだろう？

えっ、どうだ？　ここに論理的「飛躍」ってものを感じないかね？

おまえさんはそんなことをいってるところを見ると、さぞかし素敵な「昨日」とやらに恵まれているのかもしれねえが、世の中そんな人間ばかりじゃない。

「昨日」がない人間は、一体どうすりゃアいいんだ？

いや、もっと正確にいうと、思い出になって心があたたまるような、そういう「昨日」がない人間のことだよ。

たとえば、おれの友達に、こういう男がいる。

この男は、心の支えになるような幸せな「昨日」を持ってないんだ。かといって未来はないし、現在は惨めだから、始終酒場で飲んだくれて、こんなことをつぶやいている。

「ああ、おれはサイテーだ。何のとりえもない男だ。ブサイクだし、力はないし、勉強をやってもだめだし、スポーツもだめだ。中学高校じゃ一人の友達もできなかったし、大学に入ったって、楽しい思い出もできなかった。

考えてみると、おれは今までの人生のうちに、胸を張って他人様《ひとさま》に誇れるような『晴れの日』というものを一日も持っていない。だから、昔の夢にひたるなんてことも、おれにはできない。

ああ、どこか心の片隅に、なつかしい思い出がたったひとかけらでもあったらナア。そうすれば、おれはその片隅にすがって、猫が炬燵《こたつ》に入るみたいにヌクヌクと生きてゆけるのに――

でも、そんな片隅は一つもない。

おれの心はスッカラカンなんだ。

感情の破産者なんだ」

どうだ？　おまえさんはこういう男に向かっても、「昨日」を頼りに生きてゆけ、なんてことをホザくのかね？　「おれの『昨日』は暗い、みじめな記憶ばっかりだ。思い出すのもいやなんだ」という人間に、過去は財産だなんていう理屈が通用するかね？〟

なるほど、今日び厳しい御時世だから、おっしゃるような人もいるかもしれない。

けれども、わたしは敢《あ》えていおう。その人たちの大部分は、道ばたに宝石がころがっていても見過ごす人間のように、自分が「素晴らしい昨日」を持っているのに気がつかないだけなのではなかろうか。

ほんとうに、鉦《かね》や太鼓で探しまわっても見つからねば、しかたがない。だが、もう一度良く探してみてはどうだろう?

「人から愛された記憶」を探す

人から愛された記憶というのは、何といってもうれしい思い出だ。

素晴らしい「昨日」の手っとり早い候補として、まずこれを探してみることをお勧めする。

べつに異性から愛されなくとも良い。親でも、親戚でも、通りすがりの人でもかまわない。かくいうわたしなどは、自慢じゃないが異性にはちっともモテなかったが、子供の頃は可愛がってくれる人が大勢いた。

それも道理だ——というのも、このあいだ叔父さん叔母さんの金婚式の祝いがあって、その時、古い写真を見せてもらった。そこに写っている幼い頃の自分の姿を見ると、まるで神童のようなので、ビックリした。これなら、可愛がられるのも当然だと思った。

ところが、どうだ！　現在《いま》はこの通りの、案山子《かかし》に雑巾《ぞうきん》を着せたような、みすぼらしい中年おやじだ。ああ、人間はどうしてこんなに堕落してしまうのであろう！

ともかく、わたしの幼い頃のことをいうと、あれは二歳か三歳の時だったと思うが、わたしのうちは当時、東京日本橋の本石町《ほんごくちょう》というところにあって、都電の通《かよ》う大通りに面していた。

家の玄関からその大通りに出ると、左隣にNさんという家があった。このNさんのおばあさんが、わたしを猫可愛がりしてくれたものである。

祖母がわたしを抱いて表に出ると、Nさんのおばあさんがやって来る。Nおばあさんはわたしを抱いて頰擦《ほおず》りしながら、

「Nのバアコちゃんでちゅよ」

と口癖のようにいうのだった。

この人にかぎらず、自分を可愛がってくれたお年寄りたちのことを思うと、いっとき幸せな気分になる。だから、子供というものはせいぜい可愛がっておくものだと思って、わ

たしは本当は子供がきらいだが、飴玉《あめだま》を買ってやったりする。

こうした記憶は、多かれ少なかれ、たいていの人が持っているはずだ。

「昨日」は失われていない

それでも、中にはこういう人がいるかもしれない。

〝ええ、お説はいちいちごもっともだと思います。わたしゃア根が素直な人間なものですから、おっしゃるとおりにしてみました。

わたしは小さい頃、田舎の伯父さんに可愛がってもらったので、その伯父さんのことを思い出してみたんです。

伯父さんはほんとうに優しかったナア。

夏休みに遊びに行くと、わたしを釣りに連れて行ってくれましたし、山歩きをしたり、昆虫採集をしたり、河原で化石をさがしたりもしてくれました。

化石というのは、水成岩の中にある化石です。泥が積もって、かたまってできた丸い石の中に、貝殻が入ってたりするんです。一度、それらしい石を見つけて、河原で割ってみたら、カラスガイのような黒光りする貝殻が入っていました。あの時はうれしかったナア。

その川の橋のたもとに小さい鰻屋《うなぎや》があって、おばあさんが目の前で鰻を割《さ》いて、蒲焼きにしてくれました。あの鰻もうまかったっけ……

わたしはひとっきり、そんな思い出に耽《ふけ》っていたんですが、そのうち悲しくなってしまいました。

その伯父さんは、三年前に病気で亡くなって、もういないんです。田舎の家に行っても、もう誰も住んでいる人はありません。そう思ったら、とたんに寂しくなって、ちょうどアレです――夢の中で死んだ人と会って、ハッと目が覚めた時の、あのやるせない、せつない気持ちになってしまったんです。

いいですか。わたしは可愛がってくれた人を思い出せというあなたのお教えに従ったんですが、結果はこの通りです。ちっとも幸せになんかなりません。

これじゃまるで、薬と称して毒を飲まされたようなものじゃありませんか。どうしてくれるんです？　えっ、一体どうしてくれるんです？〟

なるほど、それはそういうこともあるだろう。

あなたのお気持ちはわかる。何を隠そう、わたしも前はよくそういう気持ちになったのだから。「昨日」の思い出はあるけれども、「昨日」それ自体は失われてしまった——この意識が、思い出を悲しくする。あなたが体験したのはつまりそういうことであって、これは自然な人情である。

だが、この人情は、ほかのもろもろの錯覚と同じで、まちがった前提から引き出されるまちがった結論に由来するものだ。

なぜなら、「昨日」は失われていないからである。

失われていないというのは、あなたがおぼえているからだ。おぼえているかぎり、それは記憶の中に存在する。そして、それはけっきょく、現実に存在することと何ら変わりはない。

なぜそんなことがいえるかといえば、理屈はこうだ。

われわれはみな、いずれ死ぬ。

死ぬ前には、脳が壊れてゆく。

そうなれば、「時間」はなくなる。

なぜなら、「現在」とか「過去」というのは、放っておいても無条件に「現在」であり「過去」であるのではない。われわれの脳の一部が記憶を整理し、暦の順番に――といっても、じっさいはかなりいい加減に――並べるから、われわれは「過去」を「過去」と認識するのだ。

その脳の一部の整頓係がイカれてくれれば、記憶の順番はくずれ、時間の序列もでたらめになる。もはや「現在」と「過去」には何のちがいもない。これは文学的・修辞的に「同じような」ものだといっているのではない。じじつ、「同じ」なのだ。

あなたが死の床に横たわるその時、「過去」は「現在」と同じ現実感をもって蘇《よみがえ》る。「現在」と同じ現実感があるなら、それはすなわち「現在」である。なんとなれば、事物が「存在する」とは知覚されることである（バークリ）」からだ。

もちろん、これは観念論の考え方であって、観念論は実在論と対立する。念のために両者の違いを御説明しておこう。

どこか遠い山の奥で木が倒れたとする。

その音を誰も聞いていない。

誰も聞いていないのなら、音はしなかったと考えるのが観念論だ。いや、それでも音はしたと考えるのが実在論だ。

両者は論理的にどちらが正しく、どちらがまちがっているとはいえない。しかし、われわれはみんな、観念論者もふくめて、常日頃は実在論にもとづいて生活している。

その方が便利だからだ。

生活の中で起こる出来事は、みんなわれわれが直接経験することばかりだ。

雨が降ったから、傘をさす。

駅で何時何分の列車に乗る。

雨も、傘も、駅も、列車も、みんな直接の認識と経験の対象であって、実在するもへったくれもない。誰も聞いていない音だの、誰も見ていない絵だの、誰も食べていないケーキのことなど考えてもしかたがない。

しかし、実在論が便利なのは、元気に生きている時だけだ。病床について死が迫り、目も見えず、耳も聞こえず、外の世界との連絡が絶たれてしまったならば、その時、わたしたちにとって、いわゆる「客観的事実」は誰も聞いていない音と同じである。心の中にあるものだけが現実なのだ。

記憶の「細部」に目をつける

話が少々理に堕《お》ちたが、ここいらでまた、「素晴らしい昨日」の見つけ方ということに話題をもどそう。

子供の時、人から愛された記憶はたいていの人にあるだろうといったが、中にはそういう記憶がない人もいるかもしれない。それなら、どうしたものか？

人からほめられた記憶を探したら、どうだろうか？

それも思いあたらない？

ああ、そうですか。では、もしあなたがいじめっ子だったなら、鬱陶《うっとう》しい隣のガキを蹴とばしてやった爽快《そうかい》な記憶はどうです？

それもありませんか？　では、どうしましょう——とこんな具合に、記憶の種類をいちいち数え上げていっても際限《きり》がないから、もっと一般的な方法を述べようと思う。

ひとつわたしがお勧めしたいのは、「細部」に目をつけることだ。

思い出のひきだしをどう探してみても、芳《かんば》しいものが見つからないという人。そういう人は、今持っている記憶をべつな角度から見ることによって、得るものがあるかもしれない。「細部」に目をつけるというのは、そのやり方の一つだ。

全体を見るといやな記憶、悲しい記憶であっても、そのところどころに美しいものや、心温まるものが混じっているかもしれない。そこだけに焦点をあてて、ズームアップして、切り取って、一片のきれいな記憶にすることはできないだろうか？

たとえば、あなたは恋人に捨てられてしまった。

しばらくなかなか会ってくれなかった恋人が、久しぶりにデートに応じた。

あなたは喜んで、芝居の切符を買った。

山の手の閑静な町に、戦前のさる華族のお屋敷がある。そこは今、記念館になっていて、時々催し物が行われる。芝居はそのお屋敷の、庭に面した客間で演じられるのだ。登場人物が二、三人の小さな芝居である。

恋人を連れて行ってみると、そこは素晴らしい屋敷だった。ステンドグラスのはまった古風な洋館の造りも良いが、広い庭が美しい。あなたたちは芝居を観て、あたりの雰囲気を満喫したあと、近くのレストランで食事をとる。そこで、恋人は突然別れ話を持ち出した。あなたにとっては青天の霹靂《へきれき》だ。あなたはショックを受けて、二、三日寝込んでしまう。

以来、その日の記憶はあなたにとって忌まわしいものになった。せっかく観《み》た芝居も、屋敷の庭も、ステンドグラスも、思い出すのもいやだ。

いやだろうが、そこを何とかするのだ。年月が経って、失恋の痛手もだいぶ薄れてきた頃になれば、恋人のことは忘れて、あの日に見た庭園や、ステンドグラスの美しさだけを思い出すことができないだろうか？

あるいは、こういう場合はどうだろう？

愛する家族が病気になった。病は重く、あなたは毎日病院へ通って付き添うが、やがて病人は死んでしまった。

納骨の日、あなたは遺骨を膝に抱えて車に乗り、お寺へ向かう。

その日は、たまたま秋の空が何ともいえず美しく晴れ渡って、青々とした空に、掃《は》いたような薄雲がたなびいている。車の窓からそれを目にした時、あなたはふと「きれいだな」と思う。

その「きれいだな」という気持ちと空の色とを、大事な思い出としてあたためることはできないだろうか？

視界を「広げる」という方法

視界を小さく「狭《せば》める」ことをいったが、逆に「広げる」ことも可能である。

広げるというのは、何を広げるかというと、自分というものの範囲、大げさにいうと「自我」の領域を広げるのだ。

一世を風靡《ふうび》した大スターやスポーツ選手などが亡くなると、大勢の人がその死を悼《いた》む。

故人とゆかりのある人は当然だが、べつに親戚でも知り合いでもなく、とりたてて熱烈なファンというわけでもないのに、その人の芸や活躍ぶりを知っている人間は、まるで親しい人をなくしたかのようにうら寂しく感じることがある。

これはなぜだろうか?

そのスターなりスポーツ選手なりが、自分の一部となっているからにほかならない。人は同じ時代を生きた人間に対して、知らずしらずのうちに共感を抱く。

これはまったく自然なことだ。われわれは、たとえば同じ村に住んでいる人間に対して、それがたとえ嫌いな相手であっても、一定の結びつきを感ずるものだ。その人間は、善かれ悪しかれ、「自分」という領域の一部分になっている。

これを拡大していったら、いかがだろう?

同じ二〇一一年なり二〇一二年なりを生きている全世界を——いや、それが無理なら、せめて国内ぐらいを自分の領域にしてみたら?

その国内に何か良いことがあれば、たとえあなた自身がそのお相伴《しょうばん》にあずかれなくとも、自分が全然のけ者だと考える必要はないのである。じじつ、われわれは無意識にそう考えているのであって、だからこそ明治生まれの人間は明治を偲《しの》び、昭和生まれの人間は昭和を「古き良き時代」だといって、なつかしむ。その特定の時代に自分が存在しただけでも幸福であり、素晴らしい「昨日」だといってよい。

物事の価値をお金に換算しないとピンとこない人もいるから、仮にこんなふうに考えてみよう。

あなたが西暦二三〇〇年に生まれた、歌舞伎の研究家だとする。

あなたは本や、いろいろの資料で、西暦二〇〇〇年の歌舞伎について調べる。

調べれば調べるほど面白い。こんな役者がいた。あんな役者がいた。囃子方《はやしかた》にも、その頃はこんな三味線の名人や、笛の名人がいた。

二〇〇〇年の舞台の記録は、映像など多少残っているが、やはり演劇というものは、その場に行って空間を共にしなければ、醍醐味《だいごみ》は味わえない。しかし、歌舞伎座にしても、当時の建物はもう取り壊されてしまった。

「ああ――もし、タイムマシンがあったらナア。二〇〇〇年に戻って、吉右衛門《きちえもん》の舞台を観ることができたらナア――」

そんなことを思っていると、アメリカの科学者がついにタイムマシンを発明した。実験にも繰り返し成功したので、ついに商業的サービスをはじめることにした。タイムマシンに乗りたい人は、一回一億円払えば、好きな時代へ連れて行ってくれるという。

あなたは幸い裕福な人間で、先日も株でちょいと三十億円ばかり儲けたところだから、銀行には金がゴッソリうなっている。

「ナニ、一億円？　安い、安い！」とさっそく払い込んだ。

さて、あなたはワクワクして、二〇〇〇年の東京へやって来る。歌舞伎座の窓口で切符を買った。念願の舞台を観た。

この時、隣にさえない中年男が坐っている。そのまた隣には、男の母親か親類とおぼしい老女がいる。

男は歌舞伎に興味もないのに、老人のおつきあいで来ているらしく、さっきからしきりにあくびを噛《か》み殺しているが、何ともったいないことであろう。かれはあなたの価値観でいうと、一億円の幸福を享受しているわけだのに！

この人物だけではない。

歌舞伎座の前の通りを歩き、看板をながめた人は、あなたの価値観では一千万円くらいの幸福を味わっている。いや、この東京で同じ空気を呼吸している人々は、少なくとも十万円くらいの贅沢《ぜいたく》をしている理屈だ。

一事が万事。こんな調子で、あなたの平凡な毎日も、あとになって思い返せば貴重な「昨日」となり得るのである。

第五章　うしろ向きの凡人と達人

本は「うしろ向き」なお手本の宝庫

本というものの尊いところは、見ぬ世の人と友達になれることだ。

あなたが仮にロマンチックな心の持主だとしよう。

いつも実際の生活に役立たない、夢のようなことばかり考えている。まわりの人間はみんなせちがらいので、そんなあなたを鼻で笑い、金勘定ばかりしている。

ああ、せちがらい人間どもはつくづくイヤだと思っても、現代のようにせちがらい世の中に生まれてしまったからには、しかたがない。

学校に行っても、職場に行っても、隣近所の人たちと会っても、誰もかれもせちがらいばかりで、人間はお互いカンナかヤスリで削《けず》り合っているよう。この世はまるでせちがらさのオリンピックだ。

ああ、こんな連中と一緒に生きてゆくのはつらいナア。早めに首でもくくってしまおうかしら、と思うけれど、待て、待て——そう早まることはない。本というものがある。

ひとたび本のページをめくれば、その中には古今東西いろいろな国の、いろいろな人間がいる。きっと誰かしら、あなたと性格の合う人間がいるにちがいない。あなたはその人に会って、ようやく知己《ちき》を得た、とホッとするだろう。

これは、当節の人が忘れかけている本の効用の一つだ。

世の中には、知識や情報を仕入れるためだけに本を読む人もあるだろう。あるいは、本にいっときの娯楽だけを求める人もあろう。

本にはもちろん、そういう使い途《みち》もあるが、わたしなどはそれよりもむしろ、人と会うために本を読む。書物の中にウマの合う人――自分が共感できる生き方や考え方をした先人を見つけて、はげましてもらうのである。

うしろ向きな生き方をした先人たちも、わたしは本の中に大勢見つけた。

そもそも本を書くような人は、多少とも文化に関わりのある人だ。今時の本はどうか知らぬが、昔の本に関していえば、そうである。そして文化というものは、過去との関連なくして成り立たないから、それにたずさわる人には、いきおいうしろ向きな傾向が生じる。

たとえば、古代ギリシアの詩を研究する人は、いにしえの羊飼いたちが葦笛《あしぶえ》を吹いていたアルカディアの里へ行ってみたいと思うだろう。サッポーが恋の歌をうたったレスボス島へ行ってみたいと思うだろう。ルネッサンスの美術を学ぶ人は、ミケランジェロやラファエロがいた頃のイタリアを見たいと思うだろう。

この人たちは研究に心底夢中になれば、自分が生きている時代を忘れて、いにしえの異郷へ魂が飛んでいってしまうにちがいない。

このように、過去を研究するという行為は、ある点でうしろ向きだ。しかし、過去を追懐するのは、もっとうしろ向きだ。

先日、わたしはある人から『徒然草《つれづれぐさ》』の訳注本を贈られて、この名作を三十年ぶりくらいに読む機会を持った。おかげで、昔受験勉強のために『徒然草』を読んだ時には気づかなかったことをいろいろ発見したが、そのひとつに、こういう点があった。

『徒然草』には「有職故実《ゆうそくこじつ》」に関する記述が多いということだ。

「有職故実」というのは、いにしえの宮中や貴族社会のしきたりだの、作法だののことをいう。ヤレ言葉遣いがどうのこうの、内裏《だいり》の窓の穴には縁取りをするとかしないとか、牛車《ぎっしゃ》の簾《すだれ》にさげる五緒《いつつお》は官位によるとか、雉《きじ》を贈り物にするのに、花の咲いている枝にはつけない、とかいった類《たぐい》だ。

兼好法師はそういうことを、さもありがたそうに、大事な秘伝のごとく記している。『徒然草』の時代、平安貴族の栄華はすでに去り、武士が牛耳る世の中となっていた。もちろん、武家政権も一応は皇室を奉ったから、「有職故実」はまだ一定の実用性を持ってはいたろうが、武士の側から本音をいえば、どうでもよい屁《へ》のようなことだったにちがいない。

しかし、兼好法師にとっては、そうではなかった。この人は下級貴族の出身だから、彼の理想は過ぎ去った貴族社会にある。したがって、その貴族社会のしきたりである「有職故実」について、礼賛《らいさん》と崇敬の念をもって語るのである。「何事も、古き世のみぞ慕はしき。」(第二十二段)という名言が『徒然草』にはある。「今様《いまやう》は、無下《むげ》に卑しくこそ成りゆくめれ。」――わたしもまったく、そのとおりだと思うネ。

兼好法師にかぎらない。

この時代、貴族の側に属した文化人たちは、いずれもうしろ向きになって平安の世を恋い慕い、今では時代遅れになった瑣末《さまつ》な知識を自慢したのだ。

「万世一系」を標榜《ひょうぼう》する日本に於いてすら、かくのごとし。

ましてや、お隣の中国などでは、歴史上何度となく王朝が交替し、そのつど社会がガラッと変わる。そういう大変革の際には、当然没落する人も大勢いるわけで、昔の夢を追いかける心も豊かに醸成《じょうせい》された。だから、うしろ向きの文学といってよいものをたくさん生み出している。

一つ例を挙げてみれば、『東京夢華録《とうけいむかろく》』という本がある。

作者は孟元老《もうげんろう》という人で、号は「幽蘭居士《ゆうらんこじ》」——いかにもうしろ向きな雅号ではないか！　経歴はよくわからないが、本の自序には、南宋初期の紹興十七（一一四七）年という年号が記してある。

唐につづいた中国の統一王朝・宋は、長年金や遼といった異民族との戦いに悩まされてきたが、徽宗《きそう》皇帝の御代にいたって、とうとう都汴京《べんけい》（現在の河南省・開封）を金軍に奪われ、徽宗も息子の欽宗もとらわれの身となり、ここに北宋は滅亡した。

いわゆる「靖康《せいこう》の変」（一一二六—二七）である。

この時、欽宗の弟の康王（高宗）は揚子江の南・臨安に遷都して、南宋を興す。

新しい都には、汴京から大勢の人たちが戦乱を逃れて移り住んだ。孟元老もその一人だった。

『東京夢華録』の序によると、彼は父親とともに中国の南北をめぐり、崇寧二（一一〇三）年、汴京へやって来た。その当時、天下は久しく太平を謳歌《おうか》し、都の人々は豊かな生活を楽しんでいた。

なにしろ汴京といえば、曲がりなりにも大宋帝国の首都だ。そこには世界中の珍奇なものがあつまり、市場は品物にあふれ、家々の厨房《ちゅうぼう》には山海の美味がならんでいた。大家《たいけ》では夜通し簫《しょう》や鼓の音を高鳴らせて宴に耽《ふけ》った。

人々はそんな暮らしを飽くことなく続けてきたのだったが、先に述べた国難に遭い、兵火を逃れて南へ来てみれば、そこは都とは似ても似つかぬ僻遠《へきえん》の地だった。

孟元老はがっかりして、昔が恋しくてならなかった。

ある時、彼の親族が一堂に会して話をする機会があった。その際、ふと思ったのだが、このままではわれわれの孫や子は昔のことを知るすべもなくなってしまう。孟氏はそこで、昔自分が見たもののことを、わかりやすい言葉で書き残そうと考え、『東京夢華録』を書いたのである。

そんなわけで、この本は汴京の市井《しせい》の事物、年中行事、風俗習慣などをこまごまと記しており、淳熙《じゅんき》十四（一一八七）年に刊行されると、人々は喜んでこれを愛読した。なぜなら、孟氏と同様北からやって来た人々に、昔を思わない人はいなかったからだ。老人が集まって座談をすれば、話はかならず昔の都の風物に及ぶという調子で、『東京夢華録』はその人たちの心の求めを満たしたのである。

国をあげてノスタルジーにひたる

と、ここまで書いてきて、わたしなどは少し不思議に思わないでもない。

南宋の都臨安といえば、現在の浙江《せっこう》省の省都、杭州《こうしゅう》である。

中国語を習った人は、「上に天堂あり、下に蘇杭あり」という諺《ことわざ》を御存知だろう。空の上には天国があるが、地上には蘇州と杭州がある——つまり、蘇州と杭州は天国のように麗しいところだ、という意味である。

じっさい、杭州はじつに風光明媚《めいび》な土地だ。

上海から今は高速鉄道で一時間半で行けるから、お閑《ひま》な方は一度行ってごらんなさい。

この町の郊外も、今では新興住宅地や工業地帯に囲まれてしまったが、町の中心へ行けば、そこは蘇東坡《そとうば》が美人・西施《せいし》にたとえた美しい湖のほとりである。

この湖、西湖《せいこ》は緑の柳にかこまれ、穏やかな水をたたえている。

西の彼方には翠《みどり》なす山々がたたなわり、町の南に位置する呉山から遠く東を見渡せば、銭塘江《せんとうこう》の流れが海に向かう。

川は豊かな河口の幸をもたらし、西の山は銘茶を産する。秋には、山一面に香り高い金《きん》木犀《もくせい》の花が咲く。

遠寺《とおでら》の鐘は風に乗って湖をわたり、夕日は雷峰塔を照らす——というのは、昔々の情景だが、わたしの思うに、南宋の人はあんな都に住めれば十分幸せではなかったろうか？

いったい、何が悲しくて、埃《ほこり》っぽい北の都など取り返す必要があろう？

しかし、これはもちろん、わたしの妄説だ。

人間にとってふるさとというものは別格であるから、北から来た人々が汴京を恋しがったのは、人情のしからしむるところである。それに、遷都したばかりの杭州は、もちろんそれほどの僻地《へきち》ではなかったにせよ、都人士から見れば田舎だったにちがいない。動乱のどさくさで、治安が乱れていたといったようなこともあろう。

ともかく、人々の気持ち、すなわち「時代精神」がそんなふうだったので、『東京夢華録』は大いにもてはやされた。同時期に、汴京の繁華な様子を絵巻物に描いた「清明上河図」——これは北宋の張択端《ちようたくたん》が描いたものだ——が刷られて、さかんに売れたが、これも同じ欲求にこたえたものといえよう。

つまりは、爺さん婆さんたちが、国をあげてノスタルジーにひたっていたのだ。さぞや茶話に花が咲いたろう。

これもなかなか良い時代だったと思う。

遊びたおした張岱《ちようたい》

孟元老のように、王朝がかわって、うしろ向きにならざるを得なかった人々は少なくない。

張岱（一五九七—一六八九）という人なども、その部類である。

張岱は明末《みんまつ》の人で、紹興酒の里、浙江省紹興府に生まれた。

彼は文人で陶庵と号し、『陶庵夢憶』という本を書いている。文人には貧乏居士も多いが、張岱はじつにうらやましい身分だった。

なにしろ家が大金持ちで、名門の若旦那だ。

ふつう中国の文人というものは、「科挙」という官僚になるための試験合格を目ざして、せっせと受験勉強に励むのだが、張岱は学はあったけれども、官僚などにならなくとも何の不自由もないので、ただただ贅沢三昧《ぜいたくざんまい》に遊び暮らしていた。

ところが、明朝が倒れると、戦乱のさなかに家は略奪され、たちまち貧乏になってしまった。仕方がないので山に引きこもり、つましい晩年を送りながら、昔の夢のような生活を思い出して書いたのが、『陶庵夢憶』という随筆集である。

だから、この本はまるきりうしろ向きの回想録なのだが、その文章は意外に明るい。兼好法師が昔を語る時のような喪失の悲しみはない。

なにしろ若い時に遊ぶだけ遊びたおしたので、「昔」は、思い出すだけでも十分彼を楽しませてくれたかのように思える。

曹雪芹《そうせつきん》の「失われた楽園」

これに対して、悲しいのは曹雪芹（？―一七六三）の場合である。

こちらは清の康熙《こうき》年間から乾隆《けんりゅう》年間にかけて生きた人で、御存知、小説『紅楼夢』の作者として知られる。

『紅楼夢』はどういうわけか、日本の一般読者にはあまり読まれないようだ。『三国志』や『西遊記』なら、たとえ読まなくとも知らない人はめったにいないが、『紅楼夢』となると、そうでない。日本でこの小説がテレビドラマになったり、人形劇になったりという話を、わたしは聞いたことがない。派手な立ち回りや歴史的事件が出て来ないためかもしれないが、悲しく、そして素晴らしい名作である。

曹雪芹は揚子江のほとり、現在の南京にあたる江寧《こうねい》という町に生まれた。家は「旗人《きじん》」という清朝の支配階級の名家で、徳川幕府でいえば大旗本といったところだろうか。康熙帝の信任篤《あつ》く、曾祖父も、祖父も、父も、叔父さんも、一家三代四人が「江寧織造《しょくぞう》」という重職をつとめた。

家はそれこそ大貴族として栄耀栄華を誇っていたが、新しい帝の代になってから零落し、一家は財産を没収されて、遠く北京へ引き移った。

この時、曹雪芹はまだ紅顔の少年だった。

その後の彼の境遇についてはあまり良くわかっていないのだが、晩年は郊外の陋屋《ろうおく》に住み、絵を売って家計を助けたり、一家で粥《かゆ》をすすったり、酒はいつもつけで買ったりの貧しい暮らしだった。その貧しさの故か、一人息子が病気で死んでしまう。

曹雪芹は男泣きして、自分も病気になり、その年のうちに息子のあとを追った。

『紅楼夢』はそんな彼の思い出の中にある幼い日——いわば「失われた楽園」を舞台に、御隠居様や、やり手の嫁や、やさしい子守や、親戚の美少女たちに囲まれて暮らす「お坊ちゃん」の生活と恋を描いたものだ。

ああ、その女の園の何と美しいこと！

そして、それを書く人の心を思うと、何と悲しいこと！

イギリス人の保守主義

孟元老にしろ、張岱にしろ、曹雪芹にしろ、若い頃に良い目を見た人が、年とってその幸福を失ったならば、どうしてうしろをふり返らずにいられるだろう？

そういう意味で、かれらは人が普通にやりそうなことをしたにすぎない。いわば、うしろ向きの凡人である。

しかし、ここに凡人でない、達人というべき人がいる。

その人の名をチャールズ・ラムという。

ラムは英国の随筆家だが、まことに、世にも稀《まれ》な人間である。この人の存在は、英国の歴史と文化と、保守的な気風がなければあり得なかったろう。

イギリス人が保守的な国民性だといわれるのは、みなさんも御存知の通りだ。

それは単に政治的に保守だとかいうことではなくて、もっと深いところに根ざし、心の広い範囲をおおっている。生活と美学の保守性とでもいったら良いだろうか。

われわれ明治維新以後の日本人も含めて、世界中の人間の大半が、近代化とともに進歩発展の宗教に染まってしまった。

〝新しいものは、新しいがゆえに貴い〟

これは近代が――そして新興国アメリカが、世界中に広めたイデオロギーである。

わたしたちは着るものはもちろん、食べ物でも、住居でも、何でも蚊《か》でも、新しいものは快く、健康的でおしゃれであり、古いものは不便で、不健康で、みっともないと思い、昔からあるものをどしどし捨ててしまう。

その結果が一番はっきりあらわれているのは、建物だ。

京都のように伝統を旨とする町でも、昔の町並などは陳列棚に入れて保存するくらいに減ってしまった。京都がそれなら、あとは推して知るべし。日本全国どこへ行っても、おなじような、のっぺりした顔つきの町が並んでいる。

北京オリンピックの際、歴史のある北京の胡同《フートン》が次々と取り壊されるのを、日本のマスコミは非難がましく報道した。まるで自分たちは伝統を守る人間でもあるかのような口ぶりだったが、とんでもない。わが東京では同じことを昭和三十年代にやってしまい、いまだに飽きないで続けているのだ。

このような「新しいもの信仰」のイデオロギーは、アジア・アフリカの国々を塗りつぶし、ヨーロッパさえもあらかた塗りつぶしたが、それに対する抵抗力を比較的保っているのは、英国である。

英国人は古い建物をむやみに建て替えない。古い生活様式をむやみに変えない。だから保守的だといわれるのだが、しかし、かれらの保守主義は、古ければ何でも良いという考えではない。「古いものは古いがゆえに貴い」と考えるなら、それは保守主義ではなくて、馬鹿である。「新しいものは新しいがゆえに貴い」という考えと、何ら変わりはない。

新しいものと古いものとを、まず較べてみる。

両者の長所短所を良く吟味して、新しいものがどうしても百パーセント文句なく優れており、古いものに重大な支障があるなら、それに替えざるを得ない。

だが、そうではなくて、新しいものにもいくらかの欠点があり、古いものでも何とかやっていかれるようであれば、昔のよしみだ、なるべく古いものを存続させようではないか——こういう考えが、現実的で持続可能な保守主義である。英国人は、まずこういった感覚で生きているように思う。

「うしろ向き」の達人、チャールズ・ラム

さて、その英国の十八世紀後半に、チャールズ・ラムは生まれた。

一七七五年、ロンドンの町中の生まれであった。

ラムの家はあまり裕福ではなく、クライスツ・ホスピタルという学校に七年間通ったあと、会社員となって三十年あまり、月給取りをつとめあげた。若い頃から文学に情熱を注いでいて、会社勤めのかたわら随筆を書き、一生独身で、一八三四年、五十九歳で死んだ。

こんなふうに要約すれば、ラムの生涯はごく平凡な一市民のそれである。

チャールズ・ラムを英文学史、いや、世界の文学史上比類を見ない存在にしたのは、名作『エリア随筆』を生み出した彼の天才と、一七九六年九月二十二日に起こった悲劇だった。

さいぜん、ラムの家はあまり裕福でないといったが、父親のジョンは、ロンドンのテンプルという場所に住むさる法学者の家で召使い兼執事をしていた。問題の悲劇が起こった

頃にはとうに引退し、もうだいぶ耄碌《もうろく》していた。母親のエリザベスも病身で、いくぶん神経質なところがあった。

ラムの家族にはこのほかに、十二歳年上の兄ジョンと十一歳年上の姉メアリーがいた。それに父親の姉のヘティ伯母さんという人が一緒に住んでいた。

兄ジョンは働いていたはずだが、どういうわけか家計を助けなかったらしい。一家の生活はチャールズの月給と、姉メアリーが針仕事をして稼ぐわずかな収入で支えていた。メアリーは病気の父母の面倒をみながら、家の苦しい切り盛りをして、なおかつ針仕事に追われ、もともと繊細な神経を病んでいたらしいが、それがついに爆発する。

夕方の、ちょうど食事前だった。

メアリーはお針子に仕事をさせていた時、突然逆上して、テーブルにおいてあった大型ナイフをとり、お針子を追いまわした。母親がそれを止めようとして、心臓を刺されてしまった。父親はメアリーの投げたフォークで額に傷を負った。

この修羅場《しゅらば》にラムが帰宅した。あわてて姉のナイフをもぎ取ったが、母親は即死していた。

警察が来て、姉は精神病院に収容され、事件は新聞の三面記事になった。病院で精神の平衡を取り戻した姉は、自分がしたことをまったくおぼえていなかったという。裁判所は彼女が犯行時錯乱状態にあったことを認めて、無罪の判決を下したけれども、判事は彼女を一生涯精神病院に隔離することを命じた。

だが、ラムには愛する姉をそんなふうにすることはできなかった。自分が責任を持って姉を監視し、面倒をみることを条件に、姉を家に引き取る許しを得た。この時ラムは二十一歳だったが、彼の青春は終わったのである。彼はこの先自分が果たして正気を保ってゆけるかどうかを不安に思いながら、残りの人生を姉の保護者として生きる。

というのも、じつはチャールズ・ラム自身、狂気の発作を起こして、六週間入院したことがあるのだ。それは、アン・シモンズという娘との初恋に破れたあとで、姉の事件が起こる前の年の、暮れから正月にかけてだった。

しかし、幸いなことに、ラム自身は以後二度と発作を起こさない。

ラムの研究家の中には、姉の狂気が弟の正気を救ったのだと考える人もいる。果たして、あたっているかどうかは、わからない。しかし、もしそれが本当だったとすれば、何という悲しくも奇妙な運命の配剤だろう。

姉メアリーとの生活

メアリーは病がおさまっている時は、優しく、聡明な姉だった。弟とともに、つましい家計の中からやりくりしたお小遣いで、書物や芝居や古磁器などにささやかな楽しみを見出して暮らしていた。

『エリア随筆』には作者ラムをはじめ、さまざまな人物が仮名で登場する。メアリーは「従姉ブリジェット」ということになっているが、作中に描かれた彼女はいかにもものやかで、機知と教養に豊かな女性である。

じっさい、メアリーは家計をわずかでも助けようとして、文筆を揮《ふる》うこともあった。シェイクスピアの芝居のいわばダイジェスト版である『シェイクスピア物語』や、少年少女向きの小説『レスター夫人の学校』がそれだ。

この二作は姉弟の共作だが、ことに後者はメアリーが大部分を書き、チャールズが手伝った部分は少しである。メアリーの書いた文章は繊細で、この姉にしてこの弟ありと思わせるくらい冴えている。

しかし、彼女はつねに優しい「ブリジェット」だったわけではなかった。心の病は何度もぶりかえし、年月を経るとともに、再発はだんだん頻繁になって、正常な時間よりも具合の悪い時間の方が長くなる。

ラムの友人バリー・コーンウォルは書いている——


メアリーがいらいらしたり、様子が変って来て、狂気の発作の徴候と思われるものが現われると、ラムは姉さんをかかえるようにしてホクストンの療養所へつれてゆくのであった。若い弟と姉とが、とぼとぼと（泣きながら）歩いて心のすすまぬところへゆく姿は見るもいたわしいものであった。メアリーは、悲しいながらも、ただ一人の肉親から離れなければならないことを知っていた。二人で、拘束着を持って歩いていた。（福原麟太郎『チャールズ・ラム伝』より）

姉がこうして入院した時、ラムはいいようのない孤独を味わった。

一方、姉とともにいる時は、この次はいつ発作が起きるだろうという不安におびえて暮らしていたのである。彼は時々、友達に手紙で弱音を洩《も》らしている――「こんな状態で生きているよりは、死んだ方がいい」などといって。友人たちも、ラムの寂しく惨めな様子を語っている。

そんな生活を何年もつづけて、晩年はさすがに精神のタガがゆるんできたのだろうか、酒乱がちで友人の顰蹙《ひんしゅく》をかった。それでもずっと姉の面倒をみつづけたが、自分の方があっけなくあの世へ行ってしまった。

ラムは散歩が好きだったが、ある朝、石につまずいて倒れ、顔に傷を負った。その傷から菌が入って破傷風にかかり、数日後に死んでしまったのである。

あとに残されたメアリーは、弟の遺産と、それから東インド会社が温情でくれた年金のおかげで、金銭には不自由なく介護を受けることができた。弟におくれること十三年にして亡くなり、一緒の墓に葬られた。

第六章　チャールズ・ラム

ラムの交友関係

チャールズ・ラムはこんな人生を送った人間である。

もちろん、彼の人生が一様に暗かったわけではない。

彼は結構な享楽家だった。旅行こそあまりしなかったが、ロンドンの街で御馳走《ごちそう》を楽しみ、酒を楽しみ、本や絵画や陶器を楽しみ、劇場や、トランプや、夜更けの座談を楽しんだ。

ラムには友達をつくる才能があった。また、古い友達を大事にした。会社の友達もいたし、文学仲間もいた。たとえば、彼と仲の良かった文人には、詩人のサミュエル・テイラー・コールリッジをはじめ、ロバート・サウジー、ウイリアム・ワーズワース、リー・ハント、ウイリアム・ハズリットらがいた。晩年には、ラムの名を慕って、弟子のように出入りする若者もいた。ラムはコールリッジとちがって、詩人としては大したものを残さなかったが、劇評や雑文を雑誌に発表し、三十代の頃からそこそこの文名を馳《は》せていた。

彼の名を不朽のものにした『エリア随筆』を書きはじめたのは、四十五歳の頃からである。

当時新しく創刊された「ロンドン雑誌」が彼を起用してくれ、ラムは「エリア」というペンネームを使って、この雑誌に一連の随筆を寄稿する。その中で、うしろ向きの達人としての面目を十分にあらわしているが、彼の精神の「形」とでもいうべきものは、連載第一回の随筆「南海会社」にすでにはっきりと打ち出されている。

「南海会社」のなつかしい過去

学校で世界史を習った人は、「南海泡沫事件」という名前をおぼえていらっしゃらないだろうか？

これは十八世紀のイギリスで起こった一大バブル事件だ。

バブルは資本主義の勃興《ぼっこう》とともにはじまり、資本主義のつづくかぎり絶えることはないだろう。「南海泡沫事件」はその古典的事例で、わが日本国で起こったこのあいだのバブルなども、これらの赫々《かくかく》たる栄光の歴史につらなっているのだ。

事件のいきさつは、こうである。

一七一一年に、ロバート・ハーリーという男が南海会社という株式会社をつくった。この会社は南米と太平洋地域に於《お》ける貿易の独占権を得るなどして、莫大な利益を上げるかに思われた。

そこで、投機熱に燃える人々は猫も杓子《しやくし》も競ってその株を買い込み、株は大高騰したのち、一転して大暴落。破産者が続出し、時の政権もつぶれた。これに懲《こ》りて、イギリス議会は「泡沫禁止法」という法律をつくり、特別な例外を除いて株式会社の設立を禁じたほどだった。

そんな大それた事件を起こした南海会社だったが、政治家ロバート・ウォルポールが辣《らつ》腕《わん》をふるって事後処理にあたり、同社は国債引き受けのための会社として、一八五六年まで存続した。

学校をやめたあとにラムが勤めたのは、この会社だった。かれはここに入って、その後まもなく東インド会社の会計係となり、それから、この随筆を書くまでにおよそ四半世紀の年月が流れている。

ラムは遠い記憶を呼びさまして、心の中で南海会社を再訪する。

この会社は彼が勤めていた時、すでに死んでおり、魂は消え去って、いわば形骸《けいがい》だけが残務整理のために残されていた。

「ビジネス」の欲望と熱気に満ちたロンドンの繁華街に、この会社の建物だけがひっそりと僧院のごとく、廃墟《はいきょ》のごとく、落ちぶれた姿をさらしていた。隣近所の銀行だの証券取引所だのは、繁栄のさなかにあって、この隣人を哀れみといくぶんの軽蔑《けいべつ》の目で見ているようだ。

しかしながら、ラムのような人間にとっては、その静けさにこそ、浮世を離れた魅力と心地良さがあるのだった。

彼が語る南海会社の描写は絶妙だ。

埃《ほこり》のつもった社屋に入ると、かつて自分と働いた社員たちの姿が、次々とあらわれる。

ロンドンの歴史の生き字引のような出納係、遠い貴族の血筋を誇りにしていた猫背の下役——音楽好きでヴァイオリンをひく、癇癪《かんしやく》持ちだが義俠心《ぎきようしん》のある誰それ、訴訟が好きで、金を払ってでも裁判の種をさがしてくる誰それ、麗しい声を持っていたが、気の毒な最期をとげた誰それ——

こうして過去の幻影をなつかしく見せたあとで、エリア氏は突然、我々を煙に巻く。「ところで、みなさん」と彼はいうのだ。「今までお話ししてきた人間たちが、全部架空の存在だとしたら、どうでしょう？　おとぎ話の主人公のようなものだとしたら？　悪いけれども、何か、ああいったような人たちが過去に存在したというだけで、御勘弁ください。あの人たちの大事なところは、過去の存在だという、ただその一点にあるのですから——」

休暇中のオックスフォード

古いものに愛着し、それどころか古さそれ自体に至上の価値を見出すラム＝エリア氏の価値観は、「休暇中のオックスフォード」という随筆にもっとも良く示されている。

エリア氏はしがない月給取りで、公休日の来るのが待ち遠しい。

昔は、イギリスの会社には公休日がたくさんあった。何々聖者様の縁日といえば全部休みになったものだが、近頃の世の中はせちがらくて、そんな美風も廃《すた》れてしまった——などとひとしきり愚痴《ぐち》をこぼしたあと、話は本題に入る。

エリア氏は休暇中にオックスフォード大学へ行って、構内をそぞろ歩くのである。

エリア氏は大学へは行けなかった。彼のうちはそんなに裕福ではなかった。

けれども、休み中、学生もいない閑散とした構内を歩いていると、自分が博士になったような気分を味わえるのだ。

ケンブリッジ大学とともに歴史あるこの大学は、蒼古《そうこ》たる建築物のいたるところに、過去の栄光と面影をとどめている。彼はそうしたものに感動し、思わず声を高くして、いにしえの讃歌《さんか》を歌うのだ。

そう、歌うということこそ、随筆芸術の得意とするところだ。

小説には歌えない――筋というものがあるから。

随筆は歌う。

時には、詩よりも美しく高らかに歌う。

『エリア随筆』の素晴らしさはそうしたところにあって、本当は、その文章をみなさんにも味わっていただきたいと思うのだが、いかんせん古文調で書いてあるから、原文は難しいし、逐語的に翻訳してもわかりづらい。彼が言わんとする趣旨だけをわたしなりに噛《か》み砕いて御紹介すると、まずこんな具合になるだろうか——


おお、《古さ》よ、《古きもの》よ！

不思議な魅惑を持つ君は、いったい何物なのか？

《無》でありながら、《すべて》である君！

君がこの世にあったとき、君は《古きもの》ではなかった——その時の君はまだ《無》であって、君よりももっと古いものが存在し、それを君は《古きもの》と呼んで、畏敬の念をもってふりかえっていた。

君は自分にとっては、退屈で未熟な《現代》にすぎなかった。

ああ、《ふりかえる》ということには、いったいどんな魔法が隠されているのだろう？

われわれ人間というものは、何という不思議な片面のヤヌスなのだろう？

うしろをふりかえる時は、崇拝の念をもってふりかえるのに、前を見る時は、そうすることができない。偉大な未来は、本当ならわれわれにとって《すべて》であるはずなのに、それがまるで《無》のように思われ、一方、過去は《無》でありながら《すべて》である、この不思議さよ。

ここで「ヤヌス」といっているのは、古代ローマの神様の名前である。ヤヌスは太陽神アポロの息子で、イタリアで一番古い王様だった。この神様は二つの顔を持っており、顔のひとつは過去を、もうひとつは未来を向いている。だから、「片面のヤヌス」というのは、「過去」だけを向いているという意味である。

おわかりのとおり、ここでラムはわざと誇張した物言いをしている。彼のいうことを聞いていると、まるで世の中の人間はみんなラムと同類で、みんながみんな、古いものを《すべて》とみなし、新しいものを《無》と考えているかのようだ。もちろん、いくらイギリスだといっても、そんなことはありやしない。産業革命を起こした国なのだから、新しいものの好きな人間だって大勢いるだろうが、ラムはそういう人たちのことは見ぬふりをして、全人類を《尚古派》とみなすことができた。

こんなことは、現代の我々には、とてもいえない。我々はつねに前を向け、前を向けと脅迫されつづけているのだから。

ブレイクスムーアの館

ラムが昔の遺物や、古い建物に寄せる愛着は、並々ではない。

その気持ちは彼のすべての随筆ににじみ出ているけれども、それがもっとも熱くほとばしっているのは、『続エリア随筆』の巻頭を飾る名篇《めいへん》「Hシャーのブレイクスムーア」に於いてである。

ブレイクスムーアというのは仮名で、ロンドンの北郊ハートフォードシャーのブレイクスウェアという場所のことだ。

ここにはかつてプラマー邸というお屋敷があった。ラムのお祖母さんのフィールド夫人がそこの留守番をしていたので、ラムはここで幼い時をすごしたことがあった。

その屋敷が取り壊されたという話を聞いて、彼は旅のついでに行ってみる。

すると、家は思った以上に跡形もなくこわされ、どこにかつての大門があったやら、どこからが中庭だったやらもわからない始末だった。

人間が死んでも、こんなに早く縮《ちぢ》こまってしまいはしない。焼いた遺骨だって、もっと重みがある、とラムは嘆き、その昔、子供の自分がただ一人、部屋から部屋へ歩きまわった日のことを思う。

壁にかかった綴《つづ》れ織りの絵姿や、老夫人が死んだ、幽霊の出るという部屋や、家代々の肖像画がかかっている画廊、ローマ皇帝の胸像がならんでいる大理石の間、今は蝙蝠《こうもり》が巣くっている審判の間、贅沢《ぜいたく》な果樹園や広い遊園、森の中にたたずむ古代の神の像——彼はそうしたものすべてに驚きの目を見張り、崇拝の思いを捧げた。

エリア氏は考える——

自分の生まれた家は小さく、炉端などもこぢんまりとして、天井は低く、食事も粗末で、質素な暮らしだった。そういう自分の境遇とはまったくべつの世界を垣間《かいま》見ることができたのは、今にして思えば幸せだ。なぜなら、「高貴な身分」という感覚を持つことができたからだ。

高貴さというのは観念である。観念は、べつにその家柄に生まれた者でなくても、部外者でも抱くことができる。

そして、この世に高貴な一族というものが連綿とつづく存在価値は、われわれみんなの心の中に、「想像力」というものを通じて、そうした高い誇りを抱かせてくれることにあるのではないか?

彼はこのブレイクスムーアの館に寝泊まりしていた時、豪壮な階段の壁にかかっていた紋所《もんどころ》を朝に夕に見入った。

その紋所は古びてすり減っていたが、それを見つめているうちに、農民の心は彼の中から消え去って、彼は《貴紳《きしん》の本性そのもの》をわが内に受け入れた。

思うに、これこそが真の養子縁組であり、真に血統を変えることだ。

この屋敷の持主は、どこかつまらぬ新しい家に住んで、先祖代々の家を打ち捨てて顧みなかった。かれらはこの家の真の末裔《まつえい》ではない。過去の記憶に満ちた屋敷をこんなにも愛した自分こそ、真の継承者だったのではなかろうか?

エリア氏はこのように考えたのだが、彼のいうことは正しい。

土地や建物には霊がある。

霊は人を選ぶ。

たとえ行きずりの旅人であっても、自分をわかってくれる者を選んで、一期一会《いちごいちえ》の交わりのうちに、自分の栄光を相手の魂に吹き込む。

これは賭《か》けのようなものだ。植物が風に花粉をゆだねるようなものだ。栄光はその行きずりの旅人とともに、あえなく滅びてしまうかもしれない。いや、きっと、百のうち九十九はそうだろう。

しかし、残りの一がある。

ごらんのとおり、エリア少年に託された栄光は、イギリスの言葉が滅びない限り、この文章の中に残っているのだ。

二種類の「過去」

チャールズ・ラムのうしろ向きな気持ちには、二つの層を認めることができると思う。いいかえれば、彼は二種類の「過去」に対して愛着を寄せていたと思うのだ。

そのひとつは、ラムもその一人だった十九世紀のイギリス人——当時の人間みんなに共通する過去である。「休暇中のオックスフォード」で吐露《とろ》したのは、そういうものに寄せる愛着だ。

これは歴史と文化を尊ぶ人間の心の中には必ずある感情だが、ラムの場合はそれがはなはだしいのだ。

もうひとつの愛着というのは、自分個人の過去に対する愛着で、ラムをうしろ向きの達人たらしめているのは、これである。

「古磁器」という随筆が『続エリア随筆』に収められている。

これは、題名の示すとおり、ラムが好きだった中国の古磁器――おそらく景徳鎮か何かだろう――にまつわる話だ。

エリアと《従姉ブリジェット》は、ある日の午後、水入らずでお茶を飲んでいる。つい最近買ったばかりの新しい茶器を使ってみたのだが、ブリジェットはそれを見ながら、こんなことをいい出すのだ――

「あなたは近頃お給料も上がったし、ものを書いた収入もあるから、以前《まえ》と較べると、嘘《うそ》のように裕福な暮らしができるようになりました。それはありがたく思っているけれど、わたしはこんなに裕福ではなかった昔に、もし還ることができたら、と思うのよ」

ブリジェットがいうことの要点をまとめると、こんな具合だ——

わたしたち、昔は何かちょっとした贅沢品がほしくなると、二、三日前に二人で討論会をひらいて、とっくりと話し合ってから決めたものでしたわね。家計のどこからそんなお金をひねくり出そうとか、それだけ手元に余裕があるだろうかとか、ああでもない、こうでもないと言い合って、やっと物を買ったのでした。

お金が十分ある今では、買い物はただの買い物でしかありません。でも、以前は一大勝利なのでしたわ。

あなたは、あの焦げ茶色の背広をおぼえていらっしゃる？

すりきれて、お友達みんながみっともないと笑っても、あなたは平気で着ていらしたでしょう。それは、コヴェントガーデンの本屋から、好きな演劇の本を買ってしまったためではありませんか。

わたしたちが「色白の美人」とあだ名をつけたレオナルド・ダ・ヴィンチの版画をあなたが買って、二十ぺんも言い訳しながら御帰宅になって、買ってきた絵をながめては、使ったお金のことを思い、お金のことを思っては、また絵をごらんになったのを、おぼえていらっしゃる？――ねえ、貧しいということにも、楽しみがなかったでしょうか？

あなたは今じゃ、値段の高い後土間《ピット》の席でしか芝居をごらんになりません。でも、昔、わたしたちがどこに坐《すわ》っていたか、おぼえていらして？　わたしたちはやりくりして一シリングのお金をこしらえて、一シーズンに三回か四回、階段を押し合いへしあいしながら上って、安い大土間《ギャラリー》へ入ったんじゃありませんか。それでも、芝居の面白さは、高い席で観《み》るのにくらべて、少しでも劣っていたでしょうか？

あの時分はまだ苺《いちご》というものが珍しかったけれども、その苺だとか、豌豆《えんどう》の初物だとか、おかずに加えるちょっとした一品が何という御馳走に思われたことでしょう。ほんとうに貧しかったら、そんなものも買えないけれど、わたしたちには、そのくらいの、少しだけの贅沢はできましたわね。それをお互いに言い訳しながら、悪いのは自分なんだと無駄遣いの罪を引き受けて、おいしく食べてしまいました。

自分を甘やかすというのはこういうことで、それは貧しい人間でなければできません。今のわたしたちには、もう味わえない喜びじゃありませんか。

ブリジェットはえんえんとこんなことを語りつづける。

彼女のいうことは、つつましさと清貧を讃えているようにも聞こえるが、そのつつましさが楽しかったのは、二人が若かったからであることを、その台詞《せりふ》は言外に、しかし、明確に語っている。

これは清貧の讃歌ではなく、二人の過去の讃歌なのだ。

そして、もちろん、ブリジェットの口を借りて、エリアがこれを語っているのである。

つらい過去すら愛《いと》おしい

さらに「除夜」という随筆を見ると、ここにはもう、うしろ向きな精神の真髄というか、不退転の悟りのようなものがハッキリと示されている。

この随筆の舞台は大晦日《おおみそか》だ。

エリア氏は鐘の音を聞きながら、ゆく年を思い、過去を回想する。そして、自分が未来を向いて生きてゆけない人間であることを告白する。その一節を、今度は要約でなく逐語的に訳してみる。

わたしは生来、新しいものにとっつきが悪い。新しい本、新しい顔、新しい年——何らかの心理的な屈託のせいで、わたしは前向きな物に相対《あいたい》することが辛いのである。わたしはほとんど希望を持つことをやめてしまった。過ぎた月日を見ている時だけ、元気づくのだ。わたしは過去の光景や決断の中《うち》にとび込む。昔の落胆に唐突に出くわす。古い失意に対しては、身を鎧《よろ》っているから大丈夫である。わたしは空想の中でかつての敵を恕《ゆる》したり、打ち負かしたりする。賭博師連のいわゆる「楽しみのため」に、かつてあんなにも高い代価を支払ったゲームをもう一度やってみる。

彼は回想の中で人生を生きなおすが、ふつうの人間にありがちな、「あの時、ああすればよかった」という悔恨の念は起こさない。自分は今、過去に起こった不運な出来事を、ひとつでも帳消しにしたいとは思わない。それらを変更したくないのは、良くできた小説の筋立てを変えようとは思わないのと同じだ、というのである。

たとえば、彼にはつらい失恋の思い出がある。

ラムが若い時恋したアン・シモンズは、随筆の中には「アリス・W——」として登場する。エリア氏は、あの激しかった恋の冒険が失われてしまうよりは、アリスの金色の髪と美しい瞳の虜《とりこ》となって、七年という歳月を悶々《もんもん》と思いやつれていた方が良い、というのである。

また、ラムの一家をだまして、遺産を横取りしたドレルという男がいた。

この男についても、エリア氏はいう。

今現在、銀行口座に二千ポンドの預金があって、そのかわり、あの猫っかぶりな悪党のことを全然知らないよりも、あの遺産をわが家がなくした方が良いのである、と。

彼は自分に損害を与えた男ですらも、その男が「過去」に属するがゆえに愛着をおぼえるのだ。

「過去」は「美」である

ラムの随筆には、一種の自己卑下、腰の低さがある。

「わたしはこう思いますが、わたしなどは所詮《しょせん》愚かな、取るに足らぬ人間でございますから、どうぞお気になさらず聞き流してくださいまし」といった低姿勢なところがある。

これは本心から卑下しているのかもしれないし、正面切ってものをいって、相手を白《しら》けさせないための一種の「芸」かもしれない。ともかく、読者はこの姿勢にだまされて、ラムのいうことをすべて、その場限りの思いつきや軽口と見がちである。

どうして、ラムはそういう口調で、人間の精神、ことに想像力に関する達見を山ほど述べているのだ。

この「過去」の問題にしても、そうだ。

ラムの心が「過去」へ向かうのは気まぐれではない。

「過去」ほど良いものはないからである。

「現在」は、われわれの肉体的・精神的な快不快や、損得勘定などに直接つながっている。

われわれはそうしたこととの意識から離れて「現在」を見ることはできない。

これに対し、「過去」をふりかえる時は、もはや打算も欲望も離れたスッキリした心持ちで、さまざまの経験を見つめ直すことができる。

打算も欲望もなく、損得勘定もなしにものを見る——それはすなわち、人間が「美」に向かう時の態度である。

人間にとって「過去」が美しい一番の理由は、そこにある。

第七章　「昨日」の夢

「うしろ向き」の大天狗《おおてんぐ》・九条稙通《たねみち》

第五章で兼好法師のことにちょっとふれたが、彼と同じく没落する貴族階級の悲しみを味わった人の中に、一人傑物と称すべき人がいた。チャールズ・ラムがうしろ向きの聖者だとすると、こちらはさしずめうしろ向きの大天狗だ。この人について、少しお話ししておかなければいけない。

問題の人物の名前は、九条稙通（一五〇七―九四）という。

日本の古典文学に明るい人にはお馴染《なじ》みだろうが、わたしなどはそうでないので、幸田露伴の「魔法修行者」という文章を通じて、初めて九条稙通のことを知った。

というのも、この人物は、若い時から「飯綱《いづな》の法」という呪術《じゆじゆつ》を修行していて、その面でも滅法《めつぽう》面白い人なのである。「日本一鼻之道場」というものをつくったそうだ。また、彼の行く手にはいつもつむじ風が立ち、泊まる家には、夜中に必ず梟《ふくろう》がやって来て、鳴いたそうだ。だから露伴が取り上げたのだが、今は魔法のことはさておき、お話ししたいのは『源氏物語』のことである。

九条稙通――しばらく稙通公と呼ぶことにしよう。彼は同じ貴族といっても、兼好法師などとは格がちがった。

兼好法師は下級貴族の出身だったが、こちらは上級も上級、なにしろ九条家の祖・関白兼実《かねざね》の直系子孫で、関白左大臣九条尚経《ひさつね》の息子である。藤原氏の氏《うじ》の長者にして、従《じゅ》一位、内大臣、関白をつとめている。まさに名門中の名門の御曹司《おんぞうし》だったのである。世が世なら、日本の国はわがものも同然の身分だった。しかし、彼は生まれるのが遅すぎた。

稙通公の生きた時代は、すでに戦国の乱世だ。実権を握っているのは武士だ。かつて栄華を誇った貴族は、領地からの年貢も途絶え、生活さえ困難だった。稙通公も例外ではない。彼は天文二（一五三三）年、関白になったが、翌年辞して摂州《せっしゅう》にくだっている。困窮はなはだしく、関白の職をつとめがたかったからしい。公はそれから二十年にわたって、西方諸国を流浪した。義弟にあたる本願寺の証如《しょうにょ》上人になにかと経済的援助をうけながら、活路を開く苦心をしていたらしい。

というのも、当時、藤原氏は近衛《このえ》流（近衛家、鷹司《たかつかさ》家）と九条流（九条家、二条家、一条家）の二派に分かれており、足利将軍家との関係が深い近衛家が幅《はば》をきかせていた。九条家としてははなはだ面白くない。そこで、稙通公は何とかして、この劣勢を挽回《ばんかい》したかったのだが、思うにまかせなかった。彼は弘治元（一五五五）年に出家し、翌年京へ帰った。

その後の稙通公はつましい暮らしをしながら、学問と仏道の修行に明け暮れていたらしい。

彼は歌学（和歌の学問）をはじめ、諸々《もろもろ》の学問に通じた当代指折りの知識人だった。とりわけ『源氏物語』に関しては一代の碩学《せきがく》で、外祖父の三条西実隆《さんじようにしさねたか》公や叔父の三条西公条《きんえだ》公から教えを受け、『孟津抄《もうしんしよう》』（天正三〈一五七五〉年）という大部の注釈を書いている。これは学識豊かな注釈として、現代の学者からも高く評価されている。

俳人の松永貞徳はまだ若年の頃、この稙通に師事し、自分の第一の恩師として尊敬した。『戴恩記』という旧師の思い出を綴《つづ》った本の巻頭に、稙通のことを記している。

それによると、貞徳が教えを請いに行った頃、稙通は京都東福寺門前の「乾亭院」という、竹藪《たけやぶ》の中の朽ちかけた坊舎に隠棲《いんせい》していた。「物さびたる御すまひ、中〻いふにたらず」というありさまだった。

その一日はどんな過ごし方かというと、まず毎朝輪袈裟《わげさ》をかけ、印を結んで仏道の行法《ぎようぼう》を怠らない。朝廷長久、家門隆盛を神仏に祈って、それから食事をすると、あとはただもう机に寄り、一日中『源氏物語』を読んでいた。

「この物語ほどおもしろき事はなし。六十余年見れどもあかず。是を見れば延喜《えんぎ》の御代にすむ心ちす」

とつねづね語っていたという。

ああ、わたしには、この人の気持ちがわかる！

稙通公は『源氏物語』の研究家でもあったが、『源氏物語』は公にとって、単なる学問の対象ではなかった。

この書をひもとけば、たちまち稙通公の心は「延喜（九〇一―九二三）の御代」、すなわち醍醐《だいご》天皇のしろしめす平安貴族の黄金時代に飛んでいったのだ。それは貴族が貴族らしく生きられた時代である。稙通公にしてみれば、本来そうあらねばならぬ世の中である。

時代に取り残された人間は悲しい。

新時代に順応して生きろなどといわれても、虎は鼬《いたち》にはなれない。鶴は雀にはなれない。

貴族は武士にも平民にもなれない。そんなものになったら、もう自分ではない。自分が自分でなくなるくらいなら、死んでしまった方が世話がないが、死ぬこともままならぬので、オメオメと生き恥をさらしている。

「時代に順応しろ」というのは、世の中が変わって大儲けする連中の詭弁《きべん》だ。順応なんて、そう都合良くできるものか。現実には恐竜もマンモスも滅びる。時代が大きく変換する時、人間の大部分は死ぬか生き恥をさらすのだ。

「現在《いま》」と「未来」の観点からすると、そうなる。

だが、人間には「昔」がある。

植通公には、この「昔」さえあればよかった。侍の世の中なぞ、どうでも良かった。

堂々たる「時代遅れ」の論理

いかにどうでもよかったかということを、公の振舞いがよく示している。

織田信長が今川を滅ぼし、永禄十一（一五六八）年九月、前将軍足利義輝の弟・義昭を擁《よう》して入京した時のこと、人々はみな鬼神《きじん》のごとく信長のことをおそれた。

なぜといって、信長は威勢があっただけではない。天下に名高い癇癪《かんしやく》持ちの武将であるから、御機嫌を損じた日には、どんな目にあわされるかもわからない。

そんなわけで、上は公家から、下は京の町人の年寄役にいたるまで、礼物《れいもつ》をもって信長のもとへ御機嫌うかがいに行った。そのへんのことは、『言継卿記《ときつぐきょうき》』『信長公記』などの書物に記されている。

ところが、植通公は信長に会うことは会ったけれども、その態度が卑屈でない。立ったまま面と向かって、

「上総殿《かずさどの》が入洛《にゅうらく》めでたし（上総殿、都によう来られましたな）」

というと、そのままプイと帰ってしまった。

「上総殿」というのは、信長の名前である。信長は父信秀が死ぬと十八歳で家を継ぎ、「上総介」と称した。だから、「上総殿」といったのだ。

飛ぶ鳥も落とす勢いの人に向かって、ずいぶん軽く見た物言いだ。しかも、目下の者に対するごとく、立ったまま挨拶したのである。

おそらく、ほかの公家などは言葉遣いも丁重に、「ようこそ畿内《きない》を平和にして下されま

した」と信長に礼をいったことだろう。

ところが、植通公は右のとおりの御挨拶だったから、

「九条殿はわしに礼をいわせに来られた」

信長はそういって、ムカッ腹を立てたという。

どんなに強くて権勢をふるっていようと、身分官位から見れば、信長などは一介《いっかい》の「上総介」にすぎない。従一位前関白内大臣たる自分の足元にも寄れる存在ではない。そんな相手に、どうしてペコペコおべっかをつかうことができようか、と植通公は思ったのだ。

公は時代遅れの人間だ。だから、時代遅れに生きた。信長らの「武力」の時代に、平安貴族の「身分」の論理を堂々と押しとおしたのである。

信長の「鼻の頭を一寸《ちよつと》弾いた」と露伴は植通公の振舞いを評している。

秀吉との一件

植通公が鼻の頭を弾いたのは、織田信長だけではなかった。

羽柴秀吉、のちの豊臣秀吉は、御存知のとおり、本能寺で斃《たお》れた信長のあとを襲って天

下人となった。

ある時、宮中に参内《さんだい》する途中の休み場所で、秀吉はこんなことをいった。

「自分は思いがけなくこんなに出世はしたが、もともと氏も素性もないものである。草刈りが成り上がった人間であるから、いにしえのかまこの大臣《おとど》の御名《おんな》をよすがにして、藤原氏になりたいものだ」

「かまこの大臣」というのは、藤原氏の先祖、藤原鎌足のことである。秀吉は鎌足が草刈りだったという伝説をどこかで聞いて、自分もそれにあやかり、藤原氏に改姓させてもらえないかと言い出したのだ。

なにしろ、天下人の願いである。

近衛家の当主・近衛竜山公（近衛前久《さきひさ》　一五三六―一六一二）が、さっそくそのように取り計らおうとした。

そこへ、植通公が釘をさした。

「五摂家ともにいづれも、今甲乙はなけれども、氏の長者とさゝるゝ事は、当家にきはまりたる事也。近衛殿の御まゝには、なるべからず」

と抗議を申し立てたのである。

右の台詞《せりふ》には少し説明が必要だろう。

「五摂家」というのは何かというと、平安時代、藤原氏で摂政・関白を出す家を「摂家」と呼んだ。鎌倉時代になると、藤原の摂家は五つに分かれた。すなわち、近衛、二条、一条、九条、鷹司の五家である。

稙通公は近衛家の竜山公に対して、「氏の長者」——一氏族の統率者——はわが九条家だから、勝手なことをしてもらっては困る、ととがめたのだ。

秀吉はそのことを聞くと、

「物知《ものしり》の中さるゝ事なれば、子細あるべし」

そういって、大徳寺という寺に稙通公と近衛公双方を呼び、言い分を聞くことにした。

さて、そこから秀吉を前に、近衛・九条両家の言い争いがはじまる。『戴恩記』のこのくだりは、物語を見るように面白い。

氏の長者はどちら?

植通公は秀吉などにたやすく藤原の姓を与えることに反対したのだけれども、それ以上に、こんな大事なことを独断で決めようとした近衛公のやり方が気に入らなかった。

そこで、両者の争いは、藤原氏の宗家はどちらかという議論になった。

植通公はいった。

「その昔、桓武天皇が京へ遷都されたみぎり、町を縦横に区切り、条理小路というものを定められましたが、この時、地中を掘ると、『九条』という紋の入った石が出て来たのです。すなわち、その場所は天地の開闢《かいびゃく》以来さだまった霊地で、そこに建てた九条の家を、わが家は代々相続しております。それゆえ、氏の長者はわが家にほかなりませぬ」

これに対して、近衛公がいうには、

「『家は家にあらず、次ぐをもって家と為す』と諺《ことわざ》にもいうではありませぬか。家というのは建物ではなく、血筋のことなのです。その血筋はどうかといえば、そちらさまの先祖藤原兼実公は庶子、当家の祖・基実《もとざね》公は兄。兄をさしおいて、庶子の弟を総領にするなどという道理がありましょうや」

すると、植通公は反論した。

「基実公は兄とはいっても、他家へ養子に行かれたから、他家の人です。兼実公は弟でも、そのまま当家におられたから、当家です」

近衛公はいった。

「当家には、藤原鎌足公が蘇我入鹿《そがのいるか》の首を切った鎌がございますぞ」

稙通公はいった。

「その鎌は神に祭って、鎌倉山に埋めたと聞きます。彼《か》の頼朝が鎌倉に住んで、朝敵をたやすく従えたのも、この鎌の御威力だというではありませぬか。まさか世の中に同じ鎌が二つありはすまいし、そんなものは信用できませぬ。

それより、天子には三種の神器があるように、わが藤原家には三宝というものがございます。三宝というのは、一つは藤原鎌足公の御影。二つ目は、恵亮《えりよう》和尚の書かれた紺紙《こんし》金泥《こんでい》の法華経。三つ目は、小狐の太刀と申すものでございます。

この小狐の太刀は、その昔、菅原道真公が百千の雷《いかずち》となって、朝廷を恨み奉り、昼夜雨風を起こし、おそろしい雷のために御殿も裂けるかと思われた時、帝《みかど》は御心配になって、『今日、御殿を守護する番は、いかなる神がうけもっているのか』

と藤原忠平公におたずねになりました。

忠平公は、佩刀《はいとう》のつかがしらに白狐の現《げん》じたまうのを見て、

『ご安心くださいませ。今日は稲荷大明神の番でございます』

とおこたえになりました。

稲荷様は雷神の敵、雷は狐を嫌うといわれています。果たして、やがて雷はやみました。

小狐の太刀と申すのは、その時の太刀でございます。

以上の三つの宝が、当家にはちゃんとございますぞ」

秀吉はここまで聞くと、うんざりしたか、おそれいったかのどちらかだろう。

「いやいや、さようにむずかしき藤原氏の蔓《つる》となり葉とならんよりは、ただあたらしく今までになき氏《うじ》になり侍《はべ》らん」

といった。

そこで菊亭のおとど、すなわち右大臣・今出川晴季《いまでがわはるすえ》がつぶさに姓氏録をあらためて、豊臣氏にしようということに決めたのである。

松永貞徳の記述によると、秀吉は藤原氏に改姓しようとしてできなかったことになって

いるが、実際には天正十三（一五八五）年、近衛竜山公の養子となって藤原を姓とし、同時に関白の位についたのだった。豊臣の姓を授かったのは、その翌年のことだ。

『源氏物語』が「すべて」だった

稙通公はいつもこんな調子だったから、「先時《まづ》にしたがひ給はで、不用の御事（時流に従わないで、余計なことをする人だ）」とそしられたが、そんな稙通公とは正反対の前向きな人物がいた。

その人の名は紹巴《じょうは》（一五二五—一六〇二）という。

紹巴は奈良の人だったが、若い頃、志を立てた。

「人間は三十歳までに名を立てなければ、立身はできぬものだ。つくづくと世のありさまを見るに、連歌師は立身出世のしやすい道だと見えて、職人町人も貴人の御座につらなっている。よし、自分も連歌師になってやろう。それができなければ談義僧になって、説教をして世を渡ろう」

このように思いきめて、里村昌休という師につき、連歌をならった。

紹巴には志もあれば才能もあった。幸運にも恵まれた。

彼はやがて時の連歌界の第一人者となり、三好長慶《ながよし》、毛利元就《もとなり》、織田信長、豊臣秀吉といった錚々《そうそう》たる武家をはじめ、公家やら茶人やら大勢の名士の知遇を得た。

名声とともに富も築いた。

連歌を教えて謝礼をもらったのはもちろんだが、そのほかに紹巴は「祈禱《きとう》連歌」というものをよくやったという。

歌は天地《あめつち》を動かし、鬼神をも哀れと思わせる、と有名な『古今集』の序にある。そうした歌の霊力は、当然連歌にもあると信じられていたので、神に連歌を奉納して恵みを祈ることが、当時さかんに行われたのだ。その際、連歌師はたっぷり謝礼を頂戴したわけである。

時勢を見るに敏な一人の若者の大望は、ここにかなえられた。

松永貞徳はこの紹巴にも師事しているから、『戴恩記』に彼についてくわしく記している。

それによると、紹巴ははなはだ剛直な人柄で、力なども強かった。

秋野というところで辻斬《つじぎ》りにあったが、傷ひとつ負わず、かえって相手の刀を奪い取り、信長にほめられたという。「法橋」という法師の位を持っていたが、これは本能寺の変に際し、誠仁《さねひと》親王の危急を救った功績によって叙せられたのである。

その容貌はというと、顔は大きくて眉はなく、はっきりした一重まぶたで、鼻も大きく立派であり、耳たぶは厚かった。

その昔の文覚《もんがく》上人のように気性がはげしく、少しでもまだるっこいことを見ると、こらえかねて腹を立て、相手が貴人だろうとおかまいなしに怒ったから、みんなにおそれられた。ことに彼は地声が大きく、きつい響きなので、たわむれごとをいっても、まるで怒っているように聞こえたという。

この迫力満点、栄耀栄華を極めて大得意の連歌師も、さすがに稙通公のことは尊敬していたとみえて、紹巴は時々公のもとを訪れた。

ある時、紹巴は公に向かって、

「なにをか御覧なさるゝ（最近、何の本をお読みになりますか）」

とたずねた。稙通公はおもむろに、ただ『源氏』とだけこたえた。

紹巴はまた、「めづらしき歌書は何か侍る（面白い歌の本はございましたか）」とたずねた。

答はやっぱり『源氏』であった。

紹巴はまた、「誰かまいりて御閑居をなぐさめ申《もうす》ぞ（誰か話し相手にいらした方がおありですか）」とたずねた。

答はまたまた『源氏』であった。

三度まで同じ返答をされて、紹巴は「うへーっ」となってしまった。

稙通公は、たぶん紹巴を軽蔑《けいべつ》していたとわたしは思うが、それでも公はいつわりをいったわけではない。『源氏物語』は公にとって「すべて」であった。だから、当然「本」でもあり、「歌書」でもあり、「まいる人」でもあった理屈だ。ただ、それをぶっきら棒にいってやっただけだ。

こうなってくると、『源氏物語』は公にとって「全一者」であり、「不二《ふに》」であり、崇拝か瞑想《めいそう》の対象となっていたような気がする。達磨《だるま》さんが九年も壁を睨《にら》んでいたように、公も六十年『源氏』を睨んでいたのかもしれない。

ともあれ、こうして稙通公は「昨日」の夢を追いながら、八十八歳の長寿をまっとうした。

何と見上げたうしろ向きの達人ではないか！

一方、紹巴の晩年は不遇だった。関白豊臣秀次に連歌を教えたのが仇《あだ》となり、政変に巻き込まれて近江の三井寺《みいでら》に流され、家も財産も没収されてしまった。

のちに許されて京都に帰ったが、数年後に中風をわずらって亡くなっている。うかつに権力に近づきすぎるとこうなる、という良い見本である。

第八章　究極の「昨日」

無神論者、デイヴィド・ヒューム

さて、こうして人それぞれに「昨日」を見つめつづけてゆくと、しまいには自分が生まれる前の「昨日」にたどり着く。

うしろ向きに過去を見つめつづけてゆけば、けっきょくはそうなる。

その時、人は何を得るであろうか？

それについて、本章ではヒュームという哲学者の話をしたい。

スコットランド出身のデイヴィド・ヒューム（一七一一―七六）は、十八世紀イギリスが生んだもっとも偉大な哲学者の一人として知られている。

彼が二十代の若さで書いた『人性論』という書物は、ドイツ観念論の大哲学者カントを「独断のまどろみからさました」といわれるほどで、近代哲学史上に大きな足跡を残した。

ところが、よくあることだが、この本は著者の生前はまったく顧みられず、書いた本人すら、失敗作と考えたほどだった。ヒュームはむしろ、そのあとに書いた諸々《もろもろ》のエッセイや『イングランド史』の著者として、同時代人に知られていた。

そして、ヒュームというと、当時の人の頭にすぐ浮かんだのは、「無神論者」ということだった。

なぜかというと、この人は著作の中で、神や宗教の問題を、当時としては驚くほど冷静、客観的に論じた。それまでの哲学者が行った神の存在証明を論破したり、奇跡に対する懐疑的見解を述べたりしたので、宗教家や神学者からは蛇蝎《だかつ》のごとく嫌われ、「異端」「無神論者」などのレッテルを貼られて、はげしく攻撃されたのである。

もっとも、ヒュームは自分が無神論者だと公言したわけではないし、結果としてそういうことにはなったが、べつに好きこのんで神を否定したのではなかろうと思う。

彼は長老派教会という、スコットランドでは優勢な宗派に属する家庭に育ち、キリスト教の教育を受けたのである。少年の頃は、本に書いてある悪徳の一覧表をつくり、そういう罪を犯さないように自分を戒めていたほどだった。しかし、青年時代にいろいろな本を読んでキリスト教の教えに疑問を抱き、宗教から離れていったのだ。

十八世紀のその当時は、こうした宗教問題に関して、現在とは全然ちがう時代だったことを思い出していただきたい。

当時は「理性と啓蒙《けいもう》の時代」だったなどと、わたしたちは世界史の授業で習った。たしかに、それはそうなのだが、知識人の間では科学的な世界観が優勢を占めつつあったといっても、それはただちに神を否定することにはつながらなかった。人々は科学と宗教をなんとか両立させようとして、自然のうちに神を見、理性を通じて神を認めようとする理神論がさかんになった。それよりも、さらに徹底して無神論へすすむ人は少数だった。

また民衆の間では、まだまだ宗教の力は絶大だった。なにしろ、それよりつい百年前のヨーロッパ人たちは「魔女狩り」をして、神の名に於《お》いて生きた人間を焼いたのである。十八世紀は十七世紀とちがい、火炙《あぶ》りにこそされなかったが、無神論者はいろいろな形で宗教的迫害をうけた。

無神論者とみなされた人が、どんなに偏見の目で見られたかを物語る逸話がある。今、泉谷周三郎『ヒューム』から引用してみよう。

ヒュームの友人で建築家のロバート＝アダムが、家族とともにエディンバラで暮らしていたとき、かれの母は、つぎのように述べた。

「おまえの友人なら、誰でも喜んで夕食にお招きしましょう。だけど、あの無神論者のヒュームだけは、ここに連れてこないでほしい。」

そこでロバートは、一計を案じて、ヒュームを他の友人とともに夕食に招いて、別の名前で紹介した。客が帰ったあと、母はロバートにつぎのように言った。

「とても感じのよい人びとですね。とくに私の隣に座った、大きくて陽気な方がいちばん素敵ね。」ロバートは、「お母さん、あの人がとても嫌っていた無神論者（ヒューム）ですよ」と告げた。

「そうだったの。あの人だったら、いつでも連れてきなさい。これまでお会いした方のなかで、あの人はいちばん無邪気で感じがよく愉快な方だから。」

こんなふうに笑い話ですまされれば良いが、そうでない。

ヒュームは三十代の時、エディンバラ大学の教授に――また四十代の時、グラスゴー大学の教授になろうとしたことがあったが、いずれも失敗した。当時の大学では聖職者の勢力が強く、無神論者だという理由で反対にあったのである。

彼が生前から「人気と金儲けに汲々《きゅうきゅう》としている男」だとか「虚栄心に憑《つ》かれた男」だとか批判されつづけ、二十世紀になってようやく本格的に再評価を受けたことも、この宗教的偏見と無関係ではないと思われる。

それでも、ヒュームは信念を曲げなかった。

人間の心は「種々の諸表象の束または集合」にすぎぬ、といって平然としている人だ。宗教家たちが彼の著作を批判したり、あらぬ噂《うわさ》をでっちあげて中傷したりしても、動じることはなかった。

それでも、宗教の側には、ひとつだけ切り札があったのである。

その切り札とは「死」だ。

ヒュームだって人間だから、いずれは死ぬ。

人間は若くて元気なうちは、さかしらな知性などを頼みにして、無神論などとけしからぬことをホザいたりするけれども、死が近づいてくれば、誰だって心細くなる。来世の幸福を求めて、神にすがりたくなる。ヒュームもきっと、そうだろう。神と仲直りしなければ、安らかには死ねないにちがいない。

無神論者としてのヒュームを忌み嫌う人々は、みんなこんなふうに考えていたのだ。聡明なヒュームは、それも先刻承知だった。

彼は死ぬ四年ほど前から体調が悪くなり、やがて高熱、激しい下痢、出血などに悩まされる。大腸癌《がん》で、彼の母親と同じ病気だった。

一七七六年、ヒュームは余命の短いことを悟ると、遺言状をつくり、それから、「わが生涯」という自伝を書き残した。自伝といっても、パンフレットに毛が生えたほどの、短い文章である。

その中に、こう記している。

一七七五年の春に、私は内臓の疾患におかされた。はじめには少しもおどろかなかったのであるが、以来それは致命的なものとなり不治のものとなってきたものと、私はおもっている。現在の私は、すみやかに死にゆくことを待ち設けている。病気から私がうける苦痛はきわめて僅かなものである。しかもなお不思議なことには、私のからだが非常に衰弱しているにもかかわらず、私の精神が一瞬の間といえども衰えをみせていないことである。私がもう一度すごしてみたいと一番望む生涯の時期を名ざしみよとならば、私は現在の晩年の時期をあげたいと思うくらいである。私は研究に対しても以前にかわらぬ情熱を感じ、交友に対しても以前と同じ快活さをもっている。その上考えるに、六十五歳の人間が死んだところで、それは老衰したほんのわずかの数年を、きりすてるだけのはなしである。しかも、私の文学的名声が、ついに光をいやましながら輝き出した多くのしるしを目にしながら、それを私が味わうのも、ここほんの二、三年を出でないことを私は知っている。現在の私以上に、人生から脱俗してあることはむずかしい。（山崎正一訳）

なんだか強がりをいっているようにも聞こえるが、そうではなかったらしい。というのも、この「自伝」の全文を読めばわかるが、淡々として余裕があり、ユーモアに富んだ調子で書かれていて、彼の精神が「衰えをみせていない」さまをうかがわせる。ヒュームは晩年フランスへ行って大歓迎を受けたが、この人ならさもありなんと思わせるほどだ。

それに、死ぬ直前のヒュームと会って、その様子をつぶさに記した人間がいるのである。

ヒュームの晩年を記したボズウェル

その人間とは、ジェイムズ・ボズウェル（一七四〇—九五）という男だった。

ボズウェルといえば、一般のイギリス人には、文豪サミュエル・ジョンソンの伝記を書いた人物として知られている。

ジョンソンは有名な英語辞典の編者であり、十八世紀英文壇の大立者だったが、今日、彼の作品は一般読者にそう読まれているとは思えない。イギリス人がジョンソンという時念頭にあるのは、たいがい、ボズウェルが伝記に描いたジョンソン博士のことだと思って良い。彼の『サミュエル・ジョンソン伝』は、それほど面白い本なのである。

ボズウェルはスコットランドの旧家の御曹司だった。

厳格な彼の父は息子を法律家にしたかったが、当人は俳優や知名人とうちまじって楽しくすごすのが好きで、故郷エディンバラよりもロンドンの方が好きだった。法律の勉強の合間を縫ってロンドンへ出て来たり、ヨーロッパ各国に遊んだりした。

彼がもっとも親しくつきあったのは、前述のジョンソンだが、ジョンソンに限らず有名人というと寄って行く性分で、ジャン＝ジャック・ルソーやヴォルテール、小説家のオリヴァー・ゴールドスミス、政治家にして当時の大文化人だったホレス・ウォルポール、それにコルシカ島独立運動の指導者パオリといった人々に会っている。

ヒュームのことも若い時から知っており、ヒュームがエディンバラに建設中のニュータウンに移り住んだ時、オールドタウンにある彼の住居を借りたこともある。ルソーがヒュームを頼ってイギリスへ来た時、あとから落ち合ったルソーの愛人をイギリスまでエスコートしたりもした。

「生まれる前」に不安はない

このボズウェルも、ヒュームがいかに最期を迎えるかが気になってならなかった。それにはむろん、持ち前の野次馬根性も大いにあったろうが、ボズウェル自身、信仰について悩んでいたことがあるので、死を前にした無神論者の心境というものに、まじめな関心を抱いてもいたのだろう。

彼は死期の迫ったヒュームに何度か会い、その様子を日記にしたためた。
次に引用するのは、一七七五年十二月十七日（日曜）のボズウェルの日記の一部である。

教会のあとでデイヴィド・ヒュームを訪問。彼は食事も済んで妹と一番下の甥と一緒に座っていた。見ると白いナイト・キャップの上に帽子をかぶっていた。ポートを一本持って来させて、彼と共に飲む。甥は一杯飲んだだけ。……今日の午後は本当に彼と愉快な会話を楽しんだ。彼の伝記を書いてみようかと思った。……こんなに丁重で思慮深く気楽そうなデイヴィドを見ながら、「これがあのとんでもない無信仰者なのだ」と思うと妙な気がした。信仰の有無は実際の行動とはまったく無関係なのだ。和合の教えを説く人に気難し屋がなんと多いことか！（諏訪部仁訳）

家柄は良いが、あまり裕福ではない家庭に育ったヒュームは、若い時から、経済的に独り立ちして、さらには十分裕福になることを目標としてきた。

晩年はやっとその念願がかない、豊かな収入もあり、引退して親族や友人たちに囲まれ、御馳走《ごちそう》を食べ、好きな本を読み、病気をべつとすれば、まことに満ち足りた生活を送っていたのである。右の日記からも、そんな様子がうかがわれる。

次に引くのは、一七七六年七月七日（日曜）のボズウェルの日記で、ヒュームの病状はよほど進んでいたが、精神は平衡を保っていた。

午前、教会におくれたので、デイヴィド・ヒューム氏に会いに行く。彼は死を前にしてロンドンとバースから戻って来たところだ。彼は一人で応接間に横になっていた。やせて青白く死相が現われていた。白い金《かね》のボタンがついた灰色の服を着て、半かつらをつけていた。いつもの丸々と太った姿とは大違いである。彼はキャムベル博士の『レトリックの哲学』を開いていた。落ち着いていて陽気にさえ見えた。もう死期は近いと語った。そんな言葉だったと思う。どんな風にして話題を永遠の生命の方に持って行ったのか自分にも分らない。……彼が死を目前にしても依然として死後の世界を信じていないのかどうかをどうしても知りたかった。彼の言葉とその言い方から彼の考えが変っていないと私は確信した。死後の世界があるかもしれないという可能性はないのですか、と彼に尋ねた。彼は、火の上に置かれた一個の石炭が燃えないこともありうる、と答えた。そして、われわれが永遠に存在するというのは理不尽な考えである、とつけ加えた。（諏訪部仁訳）

なぜ「理不尽」かというヒュームの説明が面白い。彼の言い分はこうだった。

不滅などということがもしあるのなら、万人が不滅でなければならない。だが、人類の大部分は、ろくすっぽ知的能力を持ちあわせていない。十時になるとジンでへべれけに酔っ払う担ぎ人夫も不滅でなければならない。あらゆる時代のクズどもが保存されねばならず、そういう数限りない連中を収容するのに、新しい宇宙を創造しなければならなくなる。（南條訳）

これに対して、ボズウェルは、「ヒュームさん、御存知かと思いますが、霊魂は場所を取りませんよ」と、しごくもっともな反論をした。

さて、こうしたやりとりの中で、ボズウェルは肝腎かなめの疑問をぶつけてみたのである。まことに遠慮を知らないというべきだが、彼の厚顔の功績は大きい。

日記をさらに引用すると――

わたしは彼に、自分が消滅することを考えて、不安になったことはありませんかときいてみた。彼は言った――いや、全然ない。ルクレティウスもいうように、生まれる前は存在しなかったことを考えても、何の不安も感じないのと同じである、と。

(南條訳)

これである。

これこそ至言である。

ヒュームのいったことをもう少しまとめると、こんなふうになろう。

〝自分が消滅することを考えても、不安はない。生まれる前は存在しなかったことを考えても、何の不安も感じないのと同じように〟

「ルクレティウスもいうように」とヒュームが但し書きをつけたのは、彼のこの考えが、ローマ詩人ルクレティウスの長詩「物の本質について」に学んだものであるからだ。

この詩の第三巻の終わりの方に、ヒュームが念頭においていたとおぼしい箇所がある。

それはこういう一節だ。

……同様に又、ふり返って我々が生れる以前の永遠の過去の時代が、如何に我々とは無関係なものであるかを悟りたまえ。であるから、これは自然が我々のために見せてくれる鏡であって、我々がやがて死に去った後の時代を示してくれるものなのだ。そこに何か恐ろしいと思うべきものが一体あるだろうか、何の陰気なものが見られよう、如何なる眠りよりも安らかなものがあるではないか？（樋口勝彦訳）

キケロと同時代に生きたルクレティウスは、エピクロス派の流れを汲《く》む哲学詩人で、一種の原子論を展開している。

彼の考えによると、人間の死後の魂というものは存在しない。我々が魂とか自我だとか思っているものは、肉体という原子の集合がかりそめにつくりだした幻のようなもので、肉体が解体するとともに、我々の意識も消えてなくなる。しかし、それは何ら恐ろしいことではない。肉体が解体して散り散りになった原子は、ふたたび自然界をめぐりめぐって、新しい命に生まれ変わってゆくのだ。そこには何も恐ろしいことなどない、とルクレティウスは説くのである。

ヒュームは彼の原子論をどう思っていたか知らないが、詩人と同じ恐怖のない境地に達していたようである。

ボズウェルは冗談めかして、こういった。

「ヒュームさん、来世でお目にかかった時、わたしはあなたに威張った顔ができるものと期待しています。でも、いいですか。あんな罰当たりなことを言ったのは冗談だった、などといってごまかしてはいけませんよ」

「そんなこと、しませんとも」と彼は言った。「しかし、あなたがやって来るまで、わたしはあちらに長いことといるわけですから、そうしていじめられるのには、もう慣れっこになっているでしょうよ」(南條訳)

戯《ざ》れ口をききあったものの、ボズウェルにはやはり納得がゆかなかった。

彼はその後も何回かヒューム宅を訪れるが、ヒュームは病勢つのって会うことはできず、一七七六年八月二十五日午後四時頃、この世を去った。

訃報《ふほう》を聞いたボズウェルはその翌日、ヒュームの家へ行って、召使いに最期の様子をたずねた。すると、まことに穏やかに息を引き取ったと召使いはこたえた。

鎮痛剤

ルクレティウスでも、ヒュームでも良い。

かれらがいったことは、死後と来世に関して、人間が達した最高の知恵だとわたしは思う。

人は「幸福の島」を語り、地獄・極楽を語り、輪廻《りんね》を説き、天国と永遠の命を語る——誰もあの世へ行って帰って来た者はないのに。

こうした死後の世界は、人間が死をおそれるゆえにつくりだした幻想だ。

消滅がこわい——

消滅ならまだいいけれども、まったく未知の状況に連れて行かれて、その状況は自分にとってはなはだしく不愉快であり、しかもそれが永遠につづくなんて耐えられない——

このような恐怖をなだめるため、人間は来世という鎮痛剤を考え出した。信じたい人は信じれば良いが、それは鎮痛剤以上のものではない。

いったい、「死」について、本当のことを誰が知っていよう？

孔子は弟子に死後について聞かれた時、自分は「生」もまだ知らないのに、どうして「死」を知っているかといって、答えなかった。いい加減なことをいうのが嫌だったのだろう。

「死後」について、人が誠意と論理をもっていえることは、これだけだ——

〝生まれる前、自分は存在しなかった。

死んだあと、自分は存在しない。

だとすると、生まれる前と死んだあとは、似たようなものではないか。〟


死後のことが心配ならば、生まれる前はどうだったかを思い出してみれば良いのだ。

その時、あなたは苦しかったか？

それとも、楽しかったか？

苦しみもなく楽しみもなかったか？

我々は「存在しない状態」を経験したことがない。ただ、夢を見ない深い眠りが、それに似たものではないかと思って、憶測をめぐらすだけだ。

人は深い眠りに落ちている時、「純粋精神のみであり、一切に遍在し、不二《ふに》である（前田専学訳『ウパデーシャ・サーハスリー』）」とインドの哲人シャンカラはいった。

果たして、生まれる前も、わたしたちはそんなふうに深く眠っていたのだろうか？

すべての謎を解く鍵は「昨日」にある。
「昨日」を向いて生きよう。

あとがき

二、三年前のことである。
人と一緒にいない時や、ぼんやりしている時、過去の情景が次から次と脳裡《のうり》に浮かんで来るようになった。

昔住んだ家、行ったところ、今はこの世にない人々の幻ばかりが慕わしい。

わたしは口を糊《のり》するためにせっせと働かなければならない。わたしにとって、働くことは物を書くことだ。それだのに、役にも立たない古い昔のことばかりが思われて、筆は止まってしまう。新しい物を創造する意欲が失せる。

ああ、これはいけないと考えた。

過去しか心に浮かばない、ということは、わたしにとって時間はもう止まっているのだ。すなわち、自分はとうに死んでいるのだと考えた。

死人だ。

死人だ。

活死人《いきしにん》だ。

この先どこの暗闇をさまよって行こう――

＊

そんな時、さる出版社から『エリア随筆』の翻訳を依頼された。

人も知るごとく、『エリア随筆』は随筆として古今未曾有《ここんみぞう》の傑作だが、翻訳は至難の業《わざ》だ。文章も難しいし、十九世紀のイギリスのことをいろいろ調べなければいけない。作者の読んだ古典にも目を通さなければいけない。勉強することがたくさんある。

これは大事《おおごと》だと二の足を踏んだけれども、けっきょく引き受けてしまった。

というのも、この本には古い思い出があったからだ。

あれは中学二年生の夏だった。

わたしの父はわたしが生まれた頃から今日に至るまで、ずっとフランスに暮らしているが、その年、夏休みにわたしを避暑地のオランダへ呼んでくれた。

一家はデンハーグに近い海辺の町に家を借り、毎日浜辺に寝転がって、レンブラントの絵に出て来るような空をながめたり、海岸の丘に生《な》っている野苺《のいちご》を摘んだりして、一月ほどすごしたのである。

その頃、わたしは英語の試験で悪い点を取った。父は英語を教えてやるといって、借りている家の書斎で読む物をさがした。その家は夏の間家具ごと借りたのだが、語学の達者なオランダ人の家らしく、書斎にはフランス語、ドイツ語、英語の本が並んでいる。

父はつかつかと書棚へ寄ると、「おう、これがいい」といって、一冊の本を抜き出した。それが『エリア随筆』だったのである。

この本の中に、「焼豚論」という有名な随筆がある。昔、旧制中学の英語の読本に使われた随筆で、わたしの父も学校で読まされたクチだった。それを、わたしにも読めという。

読めといわれたって、チャールズ・ラムの文章には難しい単語がいっぱいある。ほとんど知らない単語ばかりといって良い。構文も関係代名詞だらけで、一つの文章が一ページ続いたりする。だが父はそんなことにはおかまいなしで、

「いいか、これから毎日三ページずつ、わからない単語を辞書で引いておくんだ。男の約束だぞ」

その時「うん」とうなずいてしまったのが、運の尽きだ。

男の約束をしてしまったからには、サボるわけにはゆかない。弟たちが楽しそうに庭を駆けまわっている間、わたしは毎日辞書と首っ引きで、帳面に英単語を書き込んだ。

「consternation 驚愕《きょうがく》」「conflagration 大火事」「antediluvian ノアの大洪水以前の」といった、長くてめったに使わない言葉をおぼえたのは、この時だ。

「焼豚論」は、人類がいかにして豚を焼く方法を発見したかという滑稽譚《こっけいたん》にはじまり、後半は子豚の丸焼きの味わいを、いともおいしそうに語るのである。その部分は英国が生んだ数少ない美食文学と言って良いが、わたしはけっきょく前半しか読まなかった。夏休みが終わったか、途中で投げ出したか、どちらかだ。ともかく、オランダの寒い夏と辞書引きから解放されて帰国の途についたわたしは、経由地のローマで西瓜《すいか》を食べ、南国の有難さをしみじみ感じたのだった。

＊

さて、そんな思い出のある作品だから、つい翻訳を引き受けてしまったが、なにしろ骨身を削る仕事で、遅々《ちち》として進まない。じつはいまだに出来上がっていないが、この仕事をして久しぶりでエリア氏の人柄に接したら、迷いが醒《さ》めた。

わたしは死人になったかと思ったが、そうでない。

人間はうしろ向きで良いのである。

昔ばかり思い出して良いのである。

そう思って、心あらたに書棚を見渡してみると、ラム以外にも、うしろ向きな文人はたくさんいる。友達と話をすれば、わたしと同じ考えの人間は案外たくさんいる。

人類の何割かは、うしろ向きに出来ているのだ。

それはちょうど、風向きの加減で曲がった木のようなものだ。

これはいかん。木はまっすぐでなければいかんと考える愚かな人が、無理矢理ねじって、枝をボキリと折ってしまう。

世の中がわれわれに対してやっていることは、まさにそれだ。そんな馬鹿なことには、逆らおう。天性をまっとうしようではないか。

ブレイクだったか誰だったか忘れたが、こんなことを言った人がいる——

「わたしがかようなことを語るのは、真実を知らぬ人間にわからせようと思ってではない。真実を知っているけれども、まわりの者はみな別のことをいう。それで、しまいに自分が信じられなくなってしまった人々に、『ああ、やっぱりわたしは正しかったんだ』と安心してもらうために語るのである」


この本の主旨もそれだ。

ああ、やっぱり、ぼくの、わたしの、吾輩のうしろ向きな人生は正しかったと安心してもらいたい。

著者しるす

二〇一一年正月

参考文献一覧

本書を執筆するにあたって、引用または参照した主な文献を左に挙げる。なお、第八章に訳出したボズウェルの日記の一部は、インターネット上のテキストに拠《よ》った。

第一章

ヘーシオドス『仕事と日』松平千秋訳　岩波文庫　一九八六年
新釈漢文大系27『礼記』竹内照夫著　明治書院　一九七一年
島崎藤村『夜明け前』岩波文庫　一九六九年

第二章

『舊新約聖書』日本聖書協会　一九八二年
ヘロドトス『歴史』松平千秋訳　岩波文庫　一九七一年
竹田晃『中国の幽霊』東京大学出版会　一九八〇年（「薤露行」の引用は三二頁より）
高津春繁『ギリシアの詩』岩波新書　一九五六年
『西洋哲学の知I　ギリシア哲学』藤沢令夫監訳　白水社　一九九八年
マルクス・アウレーリウス『自省録』神谷美恵子訳　岩波文庫　一九五六年（引用は第六巻四一より）
ホラーティウス『歌章』藤井昇訳　現代思潮社　一九七三年

第四章
バークリ『ハイラスとフィロナスの三つの対話』戸田剛文訳　岩波文庫　二〇〇八年

第五章
兼好『徒然草』島内裕子校訂・訳　ちくま学芸文庫　二〇一〇年
平田禿木『平田禿木選集』第三巻「翻訳エリア随筆集」　南雲堂　一九八一年
孟元老『東京夢華録』入矢義高・梅原郁訳注　平凡社　一九九六年
孟元老撰『東京夢華録』鄧之誠注　世界書局　中華民国七十七年
張岱『陶庵夢憶』松枝茂夫訳　岩波文庫　一九八一年
曹霑『紅楼夢』中国古典文学大系44　伊藤漱平訳　平凡社　一九六九年
福原麟太郎『チャールズ・ラム伝』講談社文芸文庫　一九九二年（引用は一八九頁より）

第六章
『平田禿木選集』第三巻「翻訳エリア随筆集」南雲堂　一九八一年
The Works of Charles Lamb, edited by E. V. Lucas 1st AMS ed. New York : AMS Press, 1968.

第七章
幸田露伴『露伴全集』第十五巻　岩波書店　一九五二年

井上宗雄「玖山・九条稙通──『孟津抄』著者の生涯──」（早稲田大学平安朝文学研究会編『平安朝文学研究』有精堂　一九七一年所収）
日本古典文学大系95『戴恩記　折たく柴の記　蘭東事始』小高敏郎・松村明校注　岩波書店　一九六四年
綿抜豊昭『連歌とは何か』講談社選書メチエ　二〇〇六年

第八章

泉谷周三郎『人と思想80　ヒューム』清水書院　一九八八年（引用は四一頁より）
山崎正一『山崎正一全集』第二巻　朝日出版社　一九八四年（引用は二五九頁より）
諏訪部仁『ジョンソンとボズウェル──事実の周辺』中央大学出版会　二〇〇九年（引用は一五二─一五三頁より）
ルクレーティウス『物の本質について』樋口勝彦訳　岩波文庫　一九六一年（引用は一五二─一五三頁より）
シャンカラ『ウパデーシャ・サーハスリー』前田専学訳　岩波文庫　一九八八年（引用は韻文篇第十一章四二頁より）
Peter Martin, A Life of James Boswell, Yale University Press, 2000.
Roger Craik, James Boswell 1740-1795 : The Scottish Perspective, HMSO, 1994.

南條竹則（なんじょう　たけのり）

一九五八年東京生まれ。作家。東京大学大学院英語英文学修士課程修了。学習院大学講師。『酒仙』（新潮社）で第五回日本ファンタジーノベル大賞優秀賞受賞。他の著書に『恐怖の黄金時代』『中華文人食物語』『悲恋の詩人ダウスン』（以上集英社新書）、『満漢全席』（集英社文庫）、『魔法探偵』（集英社）など。訳書に『タブスおばあさんと三匹のおはなし』（集英社）など多数。

集英社新書〇五八八C

人生《じんせい》はうしろ向《む》きに

二〇一一年四月二〇日　第一刷発行

著者……南條竹則《なんじょうたけのり》

発行者……館　孝太郎

発行所……株式会社集英社

東京都千代田区一ツ橋二-五-一〇　郵便番号一〇一-八〇五〇

電話　〇三-三二三〇-六三九一（編集部）
〇三-三二三〇-六三九三（販売部）
〇三-三二三〇-六〇八〇（読者係）

装幀……原　研哉

印刷所……大日本印刷株式会社　凸版印刷株式会社

製本所……加藤製本株式会社

定価はカバーに表示してあります。

ISBN 978-4-08-720588-6 C0210

Printed in Japan

a pilot of wisdom

集英社新書　好評既刊

哲学・思想——C

知の休日	五木寛之
聖地の想像力	植島啓司
往生の物語	林　望
「中国人」という生き方	田島英一
「わからない」という方法	橋本　治
親鸞	伊藤　益
農から明日を読む	星　寛治
自分を活かす〝気〟の思想	中野孝次
ナショナリズムの克服	姜　尚中 森巣　博
「頭がよい」って何だろう	植島啓司
上司は思いつきでものを言う	橋本　治
ドイツ人のバカ笑い	D・トーマほか編
デモクラシーの冒険	姜　尚中 テッサ・M・スズキ
新人生論ノート	木田　元
ヒンドゥー教巡礼	立川武蔵
退屈の小さな哲学	L・スヴェンセン
乱世を生きる 市場原理は嘘かもしれない	橋本　治
ブッダは、なぜ子を捨てたか	山折哲雄
憲法九条を世界遺産に	太田　光 中沢新一
悪魔のささやき	加賀乙彦
人権と国家	S・ジジェク 岡崎玲子
「狂い」のすすめ	ひろさちや
越境の時 一九六〇年代と在日	鈴木道彦
偶然のチカラ	植島啓司
日本の行く道	橋本　治
新個人主義のすすめ	林　望
イカの哲学	中沢新一 波多野一郎
「世逃げ」のすすめ	ひろさちや
悩む力	姜　尚中
夫婦の格式	橋田壽賀子
神と仏の風景「こころの道」	廣川勝美
無の道を生きる——禅の辻説法	有馬頼底
新左翼とロスジェネ	鈴木英生

a pilot of wisdom

虚人のすすめ　康 芳夫
自由をつくる 自在に生きる　森 博嗣
不幸な国の幸福論　加賀乙彦
創るセンス 工作の思考　森 博嗣
天皇とアメリカ　吉見俊哉 テッサ・モーリス-スズキ
努力しない生き方　桜井章一
いい人ぶらずに生きてみよう　千 玄室
不幸になる生き方　勝間和代
生きるチカラ　植島和代
必生《ひっせい》 闘う仏教　佐々井秀嶺
上手な逝き方　嵐山光三郎 大村英昭
韓国人の作法　金 栄勲
強く生きるために読む古典　岡 敦
自分探しと楽しさについて　森 博嗣

ヴィジュアル版――V

直筆で読む「坊っちゃん」　夏目漱石
ゲーテ『イタリア紀行』を旅する　牧野宣彦
奇想の江戸挿絵　辻 惟雄
「鎌倉百人一首」を歩く　尾崎左永子 写真・原田寛
神と仏の道を歩く　神仏霊場会編
直筆で読む「人間失格」　太宰 治
百鬼夜行絵巻の謎　小松和彦
世界遺産 神々の眠る「熊野」を歩く　植島啓司 写真・鈴木理策
熱帯の夢　茂木健一郎 写真・中野義樹
藤田嗣治 手しごとの家　林 洋子
聖なる幻獣　立川武蔵 写真・大村次郷
澁澤龍彦 ドラコニア・ワールド　澁澤龍子・編 沢渡朔・写真
フランス革命の肖像　佐藤賢一
カンバッジが語るアメリカ大統領　志野靖史
完全版 広重の富士　赤坂治績
ONE PIECE STRONG WORDS［上巻］　尾田栄一郎 解説／内田樹

a pilot of wisdom

ジョン・レノンを聴け！　中山康樹
必笑小咄《こばなし》のテクニック　米原万里
小説家が読むドストエフスキー　加賀乙彦
喜劇の手法　笑いのしくみを探る　喜志哲雄
映画の中で出逢う「駅」　臼井幸彦
日本神話とアンパンマン　山田　永
中国10億人の日本映画熱愛史　劉　文兵
落語「通」入門　桂　文我
永井荷風という生き方　松本　哉
世にもおもしろい狂言　茂山千三郎
クワタを聴け！　中山康樹
米原万里の「愛の法則」　米原万里
官能小説の奥義　永田守弘
日本人のことば　粟津則雄
ジャズ喫茶　四谷「いーぐる」の100枚　後藤雅洋
悲恋の詩人　ダウスン　南條竹則
新釈　四谷怪談　小林恭二

宮澤賢治　あるサラリーマンの生と死　佐藤竜一
寂聴と磨く「源氏力」全五十四帖一気読み！　「百万人の源氏物語」委員会編
時代劇は死なず！　春日太一
田辺聖子の人生あまから川柳　田辺聖子
幻のB級！大都映画がゆく　本庄慧一郎
現代アート、超入門！　藤田令伊
英詩訳・百人一首　香り立つやまとごころ　マックミラン・ピーター　佐々田雅子訳
江戸のセンス　荒井　修　いとうせいこう
振仮名の歴史　今野真二
俺のロック・ステディ　花村萬月
マイルス・デイヴィス　青の時代　中山康樹
現代アートを買おう！　宮津大輔
小説家という職業　森　博嗣
美術館をめぐる対話　西沢立衛
音楽で人は輝く　樋口裕一

a pilot of wisdom

集英社新書　好評既刊

音楽で人は輝く―愛と対立のクラシック
樋口裕一　0577-F

ブラームス派とワーグナー派の対立を中心に、後期ロマン派の巨人たちの音楽をわかりやすく解き明かす。

鯨人
石川　梵　0578-N

伝統捕鯨で知られるインドネシアのラマレラ村を長期取材した比類なきネイチャー・ドキュメンタリー。

モノ言う中国人
西本紫乃　0579-B

インターネットの普及によって、中国の人々は「話語権」を獲得した。その変化がもたらすものとは何か。

自分探しと楽しさについて
森　博嗣　0580-C

人間にとって大切なのは「楽しく生きる」ことだ。「あなたの中の前向きな気持ち」を引き出してくれる一冊。

日本人の坐り方
矢田部英正　0581-D

何気なく行っている「坐る」という動作には、伝統のなかで培ってきた生きるための知恵が隠れていた！

ONE PIECE STRONG WORDS上巻〈ヴィジュアル版〉
尾田栄一郎／解説・内田　樹　021-V

「週刊少年ジャンプ」で好評連載中の大人気漫画『ONE PIECE』の多くの名言を集めた豪華な一冊。

介護不安は解消できる
金田由美子　0583-I

いざ介護となる前に、どう対応すべきかを知っておくことで不安は和らぐ。介護費用やサービス内容も網羅。

TPP亡国論
中野剛志　0584-A

自由貿易を疑え！　TPP（環太平洋経済連携協定）で日本の屋台骨が崩される。経済的国益を考える必読書。

二畳で豊かに住む
西　和夫　0585-B

日本には狭い空間で豊かに暮らす知恵が昔からあった。我々にとっての「住」とは何かを再検討する。

○《まる》のない大人　×《ばつ》だらけの子ども
袰岩奈々　0586-E

「自分に×」ではなぜ人づきあいがうまくいかないのか。そのメカニズムを解説し、その克服法をアドバイス。